纪德·道德三部曲

André Gide
La porte étroite

窄 门

〔法〕安德烈·纪德 著　马振骋 译

人民文学出版社
PEOPLE'S LITERATURE PUBLISHING HOUSE

图书在版编目(CIP)数据

窄门/(法)安德烈·纪德著;马振骋译.—北京:
人民文学出版社,2018
(纪德·道德三部曲)
ISBN 978-7-02-014107-4

Ⅰ.①窄… Ⅱ.①安… ②马… Ⅲ.①中篇小说-法国-现代 Ⅳ.①I565.45

中国版本图书馆CIP数据核字(2018)第062714号

责任编辑　朱卫净　张玉贞
封面设计　汪佳诗

出版发行　人民文学出版社
社　　址　北京市朝内大街166号
邮政编码　100705
网　　址　http://www.rw-cn.com

印　　刷　上海利丰雅高印刷有限公司
经　　销　全国新华书店等

字　　数　109千字
开　　本　890毫米×1240毫米　1/32
印　　张　5.5
版　　次　2018年6月北京第1版
印　　次　2018年6月第1次印刷

书　　号　978-7-02-014107-4
定　　价　45.00元

如有印装质量问题,请与本社图书销售中心调换。电话:010-65233595

"你们要努力进窄门。"

《圣经·路加福音》第十三章第二十四节

目 录

导读：何种幸福，怎样完美？/ 罗岗   1

译序   1

一   1
二   15
三   35
四   46
五   59
六   82
七   90
八   107
阿丽莎的日记   115
重见朱丽叶   137
尾 声   141
原版编者注   142

安德烈·纪德年表   143

导读：何种幸福，怎样完美？

——《窄门》的难题与启示

罗　岗

一

1908年10月15日，纪德完成了《窄门》，他在日记中写道："我最后决定把《窄门》交给《新法兰西杂志》发表。我坚持这样做，是因为我认为这样比较好，特别是因为我这种态度要坚持下来本身就不容易。……我做出这个决定是经过深思熟虑的。"但1909年《新法兰西杂志》的头几期开始连载《窄门》时，纪德还是对这篇小说作了一次重大修改，他的朋友、也是《新法兰西杂志》创刊人之一的让·施伦贝尔杰碰巧保存了该杂志的一份长条校样，证明《窄门》在最后即将发表时，被纪德抽去了整整一页。由于他的这一举动，使得后来几乎所有《窄门》的版本都缺失了这一页，直到1959年2月，《新法兰西杂志》创刊五十周年之际，《费加罗文学报》才首次发表了这段从来没有出版过的文字。

"我的小说已近尾声。因为我自己的生活故事还需要我来说吗？"删去的这页如此开头。原本这部分安排在第八章的开头，这是小说以主人公"杰罗姆"的口吻讲述自己故事的最后一部分，在这页中"我"终于忍不住开始抱怨"阿丽莎"，"我忽然忘了自己的目的，愈是竭力而为，愈难想象哪一个美德行为使我接近不了阿丽莎"，甚至认为自己的"堕落"也要让她来负责，"为了避开她，最终也背弃了自己的美德。我于是放任自流，纸醉金迷，直至幻想失去一切意志力。"《纪德传》的作者皮埃尔·勒巴普曾认为纪德几乎在交稿前还想改写小说的大结局：他准备狠狠地批判阿丽莎极端的道德观念，因为她逼得杰罗姆"为了避开她"，以至于沉湎肉欲之中。尽管勒巴普没有具体指出纪德打算如何修改《窄门》的结局，但这一页文字的存在恰好印证了他的说法，而纪德最终抽去这一页，更是如勒巴普所说，纪德终于"战胜了一时的冲动，没有破坏原作的整体结构"。

从"原作的整体结构"来看，纪德并不想让读者产生太多对"阿丽莎"的抱怨，因为她似乎是不近情理地拒绝了"杰罗姆"的爱情。但在实际的阅读中，读者的抱怨之情极有才能被占小说主体部分的"杰罗姆"的"第一人称叙述"催生出来，并随着他日益绝望的情绪愈加强化。为了消除这种可能的抱怨，纪德特意在"杰罗姆"的"第一人称叙述"结束之后，插入"阿丽莎的日记"。"日记"的形式比"第一人称叙述"更能凸显阿丽莎内心的悸动、矛盾和彷徨："杰罗姆站着，靠着我的椅子，俯身向着我，从我的肩膀上看书。我不能看见他，但是感觉到他的呼吸，还有像他身子的热气和颤动。我假装继续看书，但是我看不懂了；我连句子也分不清了，心中升起一种奇异的骚乱，不得不趁我还能做到的时候匆忙站起身。我走进房间呆了片刻，幸而他一点也没有觉察……"由此不难看出，阿丽莎的爱意和杰罗姆一样炽热，"可怜的杰罗姆，他要是知道有时他只需要做个手势，有时我等待的就是这个手势……"然而，"爱情"的手势始终没有在两人之间出现，难道只能归咎于阿丽莎表面的冷漠吗？透过她的日记，不仅杰罗姆了解了阿丽莎隐秘的情感和尚未表达的内心，就是一般读者也或多或少能够理解她面对"爱情"的困惑："当我还是女孩子时，我已经是为了他才期望自己美丽。现在我觉得我不为了他是绝不会'臻于完美'的。而这种完美也只有不与他一起才能达到。"

很显然，阿丽莎的难题在于，如果说"我不为了他是绝不会'臻于完美'的"是出于"爱情"的话，那么"这种完美也只有不与他一起才能达到"就远远超出了"爱情"，可惜的是，这种（不与他在一起的）"完美"的实现却是以丧失（为了他的）"爱情"为代价的。和她不同的是，杰罗姆好似没有受到这个难题的困惑，"不论工作、劳动、行善，我暗中把一切都献给她"，尽管他也明白"爱情"之上还有别的东西，譬如"上帝"和"天堂"，那是"完美"的代名词，杰罗姆却在还是一个孩子时，就向阿丽莎表白过："不要对我太苛求了。我要是在天堂里找不到你，我也就不在乎这个天堂了。"的确，他可以不在乎"天堂"，但他不能不在乎"阿丽莎"，而"阿丽莎"却一直向往着"天堂"，杰罗姆就是这样悖谬地卷入到阿丽莎的难题中，难怪他在那页被纪德抽走的段落中要哀叹："我忽然忘了自己的目的，愈是竭力而为，愈难想象哪一个美德行为使我接近不了阿丽莎——我还是觉得我只是朝着她的方向在努力。唉！我不是把她看成是我的美德的体现吗？为了避开她，最终也背弃了我自己的美德。"

二

虽然在抽象的意义上可以讲，每一个人都是单独走向上帝的，但并非所有信仰上帝者都不能拥有爱情，更何况杰罗姆和阿丽莎在通往上帝的途中，还有一段路需要并肩而行，"主啊！认杰罗姆和我相互一起，彼此相依向着您前进，像两个朝圣者终生走在路上，一个有时对另一个说：'兄弟，你若累了，往我身上靠吧。'另一个回答：'我只要感到你在身边就够了……'"否则阿丽莎不会说"我不为了他是绝不会'臻于完美'的"。因此，将两人的悲剧归咎于阿丽莎的宗教迷狂，未免失之于简单。纪德也不愿意读者产生如此联想，他最后抽去容易引起误解的一页就是明证。尽管《窄门》带有纪德的"自叙传"色彩，"杰罗姆"身上也不难发现作者的影子，不过，就像皮埃尔·勒巴普所指出的，"杰罗姆"只是纪德的某一个侧面，通过这部小说，他所改写的是自己的一个侧面，就是那个苛求自己和曾受过严格的道德教育和熏陶的他自己。具体而言，即使纪德曾经经历过"杰罗姆"阶段，可他通过《窄门》的写作，尤其是对"杰罗姆"和"阿丽莎"爱情的描写，最终也超越了这一阶段。

那么,"杰罗姆"经历的、纪德期望克服的这一阶段,究竟是一段怎样的人生呢?概括地讲,是一段感情炽热却失之抽象的阶段,是内心丰富却行动乏力的阶段。正如阿丽莎在日记中记载的:"我在每部书上躲避他,也在每部书上遇见他。即使在我独自发现的篇章中,我也听到他的声音向我朗读,我对他感兴趣的东西才感到兴趣,我的思想也依照他的方式思想,以致我自己也难以区别,就像我以前我爱把它们混淆不清。"她与杰罗姆的爱情是透过"书本"和"阅读"建立起来的,从最初的《通俗拉丁文本圣经》的"福音书"开始,杰罗姆和阿丽莎"把其中大段文章背得滚瓜烂熟。阿丽莎借口为了辅导弟弟,跟着我一起学起了拉丁文;但是我猜想更主要的是为了继续跟我阅读。当然,凡是我知道她不会跟着我学的一门课,我是不会怎么感兴趣的……"然后用意大利语朗读但丁的《神曲》,还有就是各式各样的"哲学"与"诗歌":"我看了不少书,我像把我的崇拜放到阅读中了……读完了马尔布朗什,立刻又拿起了莱布尼茨的《致克拉克的信》。然后为了让脑子休息,读了雪莱《沉西家族》——不感兴趣;也读了《含羞草》……我可能会叫你光火;我认为雪莱的全部作品,拜伦的全部作品,都比不上我们去年一起阅读的济慈的四首颂歌,同样我觉得雨果的全部作品也不如波德莱尔的几首十四行诗。'大诗人'这样的称呼没什么意思,重要的是做'纯然的'诗人……我的弟弟啊,感谢你帮助我认识、理解和热爱这一切。"阿丽莎给杰罗姆的信不只是透露了共同的"纯文学"趣味：由于拘泥于狭小的生活世界和个人情感，他们无法理解"疾风暴雨"般的诗人如雪莱、拜伦和雨果，只能沉溺在抽象的抒情和晦涩的象征中；更重要的是暴露了相似的生活境遇："书本"构造了他们的"现实"，"阅读"则成为了他们的"行动"。远离现实的生活，即使再炽热的爱情，也难免堕入虚妄的境地，更何况杰罗姆和阿丽莎在现实中体验爱情之前，往往先通过书本来理解幸福，这种"纸面上的爱情"别说经历生活风雨，就是遭遇杯水风波，恐怕也难以持久吧。

纪德的前辈作家福楼拜在他的名著《包法利夫人》中，曾经通过描写艾玛经由阅读当时流行的"罗曼史"而产生"爱情"的幻想，却在现实生活中遭遇"偷情"的悲剧，极其深刻地揭示出"布尔乔亚"的精神危机。在某种意义上，《窄门》延续了《包法利夫人》的题旨，尽管杰罗姆和阿丽莎阅读的书本要比艾玛高雅、小众得多，但仅仅从书本上获得的观念，如果没有"实体化"的现实对应物，则必然流于空洞和虚无，而且经不起来自生活的任何挑战。

当阿丽莎自以为高尚地要将单恋杰罗姆的妹妹朱丽叶让给杰罗姆时，朱丽叶却毫不领情，反而决定嫁给向她求婚的葡萄酒商人泰西埃尔——"堂吉诃德式的老好人，没有文化，很难看，很俗气，样子有点可笑"——带有"知识贵族"的傲慢、崇尚"不及物"高雅文化的杰罗姆和阿丽莎当然瞧不起这个"庸俗"的"生意人"，也不相信朱丽叶和他生活在一起能够得到幸福。然而泰西埃尔虽然已近中年,却比所有这些年轻人更具"活力",《窄门》的主体部分自然属于杰罗姆的内心独白,可所有"行动"的部分都属于这个他们看不上眼的"生意人",阿丽莎弟弟罗贝尔的工作要他来安排,甚至阿丽莎失踪之后,众人束手无策,最终还是依靠泰西埃尔才找到她的行踪……朱丽叶和他生活在一起,也许不够"高雅",但从庸俗的日常生活中是否也能获得另一种"幸福"呢?阿丽莎自己也不那么确定,看到朱丽叶很快就适应了葡萄农庄的生活,并且快乐地成为几个孩子的母亲,她不由自主地掂量起"幸福"的意义:"我为什么要向自己说谎呢?我只是从推理上来说才为朱丽叶的幸福感到高兴。这样的幸福,我曾经那么期望,甚至愿意牺牲我的幸福来换取,可是看到它毫不困难地得到了,跟她与我共同想象时是多么不同,我就难受了。这有多么复杂啊!是的……我还看出心中滋长一种可怕的私心使我受到创伤:她在我的牺牲以外获得了幸福,也就是说她不需要我的牺牲也是会幸福的。"

倘若朱丽叶不需要阿丽莎的"牺牲"也能获得"幸福",那么只能说阿丽莎的"牺牲"不仅仅是为了朱丽叶,她在自我牺牲中也许获得了某种"幸福",直至达到"完美",而这种"幸福"和"完美"显然是无法通过"书本"获得的。因此,当她决定去追求这种"幸福"和"完美"时,对杰罗姆式"阅读"的弃绝就成为了必然。那是杰罗姆最后一次见到阿丽莎,她缝缝补补,"在她身边、椅子上或桌子上总有一只大篮子,她不断地取出穿破的长短裤袜……这项工作好像使她心无二用，以致她嘴里也没有一句话，眼睛黯然无光"，面对这样的阿丽莎，杰罗姆最想唤起的就是她阅读的兴趣，说要念书给阿丽莎听，但被阿丽莎婉拒，这其实等于从根本上拒绝了杰罗姆的爱意，因为他们的"爱情"本身就是被"阅读"和"书本"所筑就的，现在根基已经松动，杰罗姆很快发现"书本"也被替换，那些高雅的文学和哲学经典被庸俗的宗教小册子所取代："这时目光落在旁边她存放爱读的书的书架。这个小书库是日积月累形成的，一半放我给她的书，一半放我们一起阅读的书。我刚刚发现这些书都移走了，换上的全是庸俗无聊，我原以为她不屑一顾的宗教小册子。"然而，这些小册子的功能和那些经典并不一样，如果说"经典"仅仅是供阿丽莎"阅读"的，只能将她引向一个"不及物"的、狭小的内心世界，那么"小册子"也许在某种意义上是"庸俗"的，但却以"及物"的方式，把阿丽莎带到了一个倾听别人，关心穷人的信仰世界，所以她把这些"小册子"的作者视为朋友："这都是一些朴实的人，他们跟我随意聊天，尽量说明白自己的意思，我也很乐于跟他们交往。我在打开书以前就知道，他们不会花言巧语设圈套，我阅读时也不会顶礼膜拜。"可在杰罗姆眼中，这些人无疑于骗子，他们"花言巧语设圈套"，蛊惑得阿丽莎如同陌生人，连两人曾经共同喜爱的"怀疑主义者"帕斯卡，在她看来也变成了"冉森主义者"。这样的阿丽莎，杰罗姆怎能接受？他们之间的悲剧，又怎么可能避免？

三

难道这都是杰罗姆的错吗？纪德既然不愿意批判阿丽莎，他又怎么会谴责杰罗姆呢？《窄门》与其说描写他们之间现实的爱情，不如说将"爱情"转化为一种关于"幸福"的"隐喻"。杰罗姆坚持在观念、精神和内心的层面上追求爱情，始终将"书本"和"阅读"视为不可动摇的原则，这种"知识贵族"的姿态固然保证了"布尔乔亚"的高蹈深远，却因为缺乏现实对应物而失之抽象空洞。朱丽叶和阿丽莎在某一个阶段都可以算得上是杰罗姆的同路人，但朱丽叶面对庸俗却饱含活力的"生意人"求婚时，她去寻找另一种"幸福"了，阿丽莎则在信仰的召唤下，以隐忍而富有献身精神的姿态去追求"完美"……那么留给杰罗姆的问题，也可以看作纪德的追问，就是高蹈深远的"布尔乔亚精神"能否应对庸俗却饱含活力的"世俗"的挑战，如何回答低俗却影响广大的"信仰"的质询，从而创造出一个可以提供"幸福"和"完美"的伦理世界。

在这个意义上，可以说《窄门》涉及的"幸福"与"完美"已经与"爱情"无关，而是直接与现代人的"承认"和"认同"密切相连。按照黑格尔的理论，人和动物一样，有保存自己肉体的自然需求与欲望，可是，人在根本上又与动物不同，就像孟子所说，"人之所以异于禽兽者几希"，关键就在于"几希"上，因为人需要他人的需要，也就是希望获得他人的"承认"，尤其是希望被承认是"一个人"，一个有某些价值或尊严的存在。譬如动物为了种的繁衍，自然要雌雄交配，但男女除了交配，也即拥有对方的身体之外，还渴求彼此的爱情，这就是追求"承认"的欲望。"承认"的价值关系到人乐于冒生命危险纯粹为名声斗争，同时也关系到对"幸福"的理解和对"完美"的追求。因此，"世俗"的欲望可以上升为"精神"的要求，而"精神"的要求也能够转化为"信仰"的渴望，在这种"承认"的价值规划下，杰罗姆、朱丽叶和阿丽莎各自对"幸福"和"完美"的渴求也许并不矛盾。

借用柏拉图《理想国》的说法，人的灵魂由三部分构成，即欲望、理性和"激情"（thymos）。人的行为大多可以解释为最初两部分——欲望和理性——的组合。欲望让人追求自己所没有的事物，理性则告诉人获得这些事物最好的方式。可是，人都希望他人承认自己的价值，无论这些价值是人民、共同体或自己给予的，总之是要把一些价值投注在自己身上，而后让人们承认这些价值的取向，用今天的话来说，就是"自尊"。而对"自尊"的要求则来自灵魂的"激情"部分。这就像人天生具有正义感一样，人相信自己也有一定的价值。正如福山所指出的，如果一个人被人认为没有什么价值，就有"生气"的感觉；反之，自己不能依靠自己的价值观生活，就会觉得"羞耻"；以符合自己价值的方式看待自己，就觉得"骄傲"……要求承认的欲望和伴随而来的生气、羞耻和骄傲是人的本性的一部分，不仅在情感世界中举足轻重，而且在政治世界也意义重大。假如从这个脉络来重新理解《窄门》的题旨，"你们要努力进窄门,因为引到死亡,那门是宽的,路是大的,进去的人也多。引到永生,那门是窄的,路是小的,找着的人也少"(《圣经·路加福音》),这段题辞就不只关涉"幸福"和"完美",而指向了另一个宽广多变的世界。

四

据说,在写完《窄门》的第二天,纪德永久地剃光了自己的胡子,"留胡子显得太老了!"他的面貌为之一新——"我对自己的上唇缺乏表情感到震惊(就像一个从来没有开口说过话的人,忽然成为一个演说家那样感到吃惊)"——就像是这本书既标志着一个旧时代的结束,也预示了一个新时期的开始。

纪德似乎通过写作《窄门》,穿过了人生的一道"窄门"!

2011年5月初稿于上海
2011年7月改定于都江堰

译　序

纪德和普鲁斯特可以说是二十世纪法国文坛的双峰，虽然形态不同，但各有各的气势。正如纪德传记作家克洛德·马丁说的，若要进入普鲁斯特的世界，只需阅读他的《追忆似水年华》，若要进入纪德的世界，不但要阅读他的三四十部主题各异、有时还相互抵触的小说、游记、戏剧、诗歌集、"傻剧"，以及篇幅浩繁的日记，还要读他跟当代文人、艺术家、朋友、普通人交换的近二万五千封信，且还不说至今还封存在都塞图书馆的八十几本小册子，从中恐怕也会有新发现。

纪德悠悠一生过了八十二年，从一八六九年到一九五一年，经历两次世界大战，各国边界重新划定，强国势力此消彼长，风俗习惯有了翻天覆地的变化。纪德对现实生活中的潮流、趋势、变迁均感兴趣，宗教、性、政治等问题在他的作品中都有反映。他不但是时代的见证人，也是时代的创造者，因而被人称为"二十世纪的歌德"、"大写的现代人"。

在"介入文学"这个名词被人们接受以前，纪德就毫不犹豫地让自己和作品介入时代的斗争中，反对殖民主义和法西斯主义，谴责极权统治，为同性恋辩护，主张打破禁锢人性的清规戒律。然而他立志要做的是文学家，时刻关心自己作品的文学性和风格，认为这高于其他一切。他在一九二一年十二月七日的日记中说:"我的问题不是怎样成功,而是怎样长存。很久以来,我只是试图在上诉时赢得官司。我写作只是让人一读再读。"

让人一读再读,这是纪德作为作家的责任感。如今纪德逝世整整五十[①]年,当然已经不是一个"当代人",也不再是新一代青年的精神导师,他的作品中表现出孤郁的诗人气质、敏锐的洞察力、明净的文笔,让人读了不仅留下隽永的回味,同时也钦佩他直面人生的勇气。他的书给他带来许多荣誉,也给他招来不少詈骂、仇恨,最终他的全部作品还被列入梵蒂冈教廷的禁书目录。纪德是二十世纪第一位倡导风俗革命、吹响自由号角、提出不要沉溺过去奢望未来而要掌握眼下一时一刻的作家。他还提醒人们去享受感觉。

纪德出生在一个新教徒家庭,从小接受严格的加尔文教义,灌输了满脑子的教规禁忌。正是这些强制性的清规戒律,在这名文质彬彬的青年心里产生了适得其反的结果,他要打破清教徒的桎梏,在作品和行为中大胆表现真正的自我。

克洛德·马丁在纪德传记中提出三方面对纪德的影响:歌德、王尔德和北部非洲。他从歌德的作品中认识到要敢于向人生索取它提出的美好感觉,把幸福看作一种必须履行的天职。他追随王尔德《格雷的肖像》中包含的异教徒的自然主义,这成了他少年时接受的虔诚的解药。最后是在北非,特别是在他

[①] 本书根据译者十七年前的译本修订出版,那时是纪德逝世五十周年。——编者按

喜爱的阿尔及利亚，大自然唤醒了他心中潜伏着的被压抑的本性。他不接受什么心理学家、精神分析专家转弯抹角的解释，而是直截了当地提出同性恋也是一种自然性格。

不过在纪德的作品中，欲望不是跌入陷阱，走进死胡同，就是要用谎言来掩盖。《违背道德的人》中的玛塞琳在米歇尔自我标榜的新生活拖累下，既得不到爱情，也成不了母亲，在怨恨中撒手人寰。在纪德所处的后尼采时代，神与普遍观念已经消失，人在寻求新价值，指导自己的行为，既误解了别人，也误解了自己，无法掌握彼此的欲望，对人生形成一种滥用与糟蹋。《窄门》中的阿丽莎，追求圣洁超过追求情爱，屡次违心拒绝表弟杰罗姆的求婚。她要保持童贞，把爱献给上帝，盼望在主的面前跟表弟永久结合，最终孤独死去时才感悟到自己生存的虚伪性。《田园交响曲》①中的牧师，起初好心地收养了一名无家可归的盲女。尽管妻子屡次暗示他要提防自己的爱心与爱德，但这种感情最后还是转变成了爱情。牧师培养塑造吉特吕德，慢慢有了自己的企图。可是当吉特吕德一旦眼疾治愈，发现了牧师的虚伪，不但向她隐瞒他们的爱情造成的痛苦，也让她错失了获得幸福的机会。她想的是她看不到的那个人，她看到的却不是她想的那个人；为了内心的平静，她不得不让自己脱离这个世界。

---

① 《田园交响曲》原文为 *la symphonie pastorale*。主角是一名牧师，"牧师"在法语中为 pasteur，pasteur 的形容词为 pastoral（e），因而有的批评家指出纪德使用这个书名，另一层含义是暗指"牧师的心曲"。

在这三部以道德为题材的小说中,有一个共同点,即书中的女性均处于新旧观念的旋涡中,年纪轻轻又都香消玉殒了。纪德只是到了一九三〇年发表的《罗贝尔》中——这与《女人学校》《吉纳维也芙》组成另一个三部曲——才让女主角吉纳维也芙决定在由男人决定一切的社会中摆脱樊笼的束缚,找寻自己的道路,不但要求性爱的自由,还要求有养育非婚子女的权利。

又过了三十多年,在一九六八年法国掀起了震动全国的六月八日运动,在那次运动中,青年提出:我们要做自己身体的主人。而他们中间只有少数人依然记得,他们的先驱是安德烈·纪德。

一切有益的话,都是种子,撒播在人的心田里,总有一天会破土发芽——《如果种子不死》,这也是纪德的一部自传的书名。

马振骋

一

　　我在这里叙述的故事，别人可以做成一部书，在我则是全身心投入的生活经历，我的道德观念也受到重大挫折。因而我只是把我的回忆草草写下，有的段落支离破碎，也不求助于任何虚构去补缀拼凑；我说出这些往事，原不指望有多少乐趣，任何矫揉造作的努力更会把仅剩的乐趣一扫而光。

　　我丧父时还不到十二岁。母亲在父亲行医的勒阿弗尔市里再也没有什么眷恋，决定搬到巴黎去住，她认为我在那里可以更好地完成学业。她在卢森堡公园附近租了一套小公寓，阿斯布尔顿小姐过来跟我们一起住。弗洛拉·阿斯布尔顿小姐没有家，起初是母亲的教师，后来是她的伴侣，不久成了她的朋友。这两个妇女都是面容温和凄恻，我随同她们一起生活，她们在我的回忆中总是像穿着丧服似的。有一天，我想，已离父亲过世很长一段时间了，母亲用了一条玫瑰红缎带换下晨帽上的那条黑缎带。

　　"哦！妈妈！"我惊呼，"你用这个颜色难看极了！"
　　第二天，她又缀上了一条黑缎带。

　　我的体质向来孱弱。妈妈和阿斯布尔顿小姐时时刻刻操心的，就是防止我别累着了，这份操心没有使我变成懒汉，这是因为我实在喜欢学习。刚入初夏，她们两人一致认为是我到乡下去的时候了，我在城里脸无血色；将近六月中，我们前往勒阿弗尔附近的封格斯马尔，每年夏天布科兰舅舅在那里接待我们。

布科兰一家住的是一幢白色三层楼房子，跟上两个世纪的许多乡村房屋很相像；四周一座花园，不很大，也不很漂亮，与诺曼底的其他许多花园也没有明显的差别。房子朝东对着花园前面，开了二十来扇大窗子。后墙也有那么多扇窗子，两侧没有。窗上都是小玻璃格，有的是不久前新换的，在发黑发绿的老玻璃格子中间显得很刺眼。有几块玻璃上有瑕疵，被亲戚们叫作"砂眼"；通过砂眼看出来的树弯弯扭扭；邮差经过砂眼前面会突然变成驼背。

长方形的花园四周有围墙，在房屋前面形成一块绿荫覆盖的大草坪，绕着草坪是一条沙砾路。这边的墙头砌得矮了下去，可以看到包围花园的农庄院子，按照当地的做法，一条山毛榉道路作为院子的边界。

房屋背面朝西，花园布局更为舒展，南面贴墙的果树前是一条鲜花盛开的小径，有一排葡萄牙月桂树和其他树做的厚屏障，挡住了海风。沿北面的墙边另有一条小径，伸入树枝下面不见了。我的表姐妹称它为"暗道"，一过黄昏都不愿意冒险再往里面钻。这两条小径都通往菜园，菜园是花园的延伸，不处在同一平面上，要走下几级台阶。然后，菜园尽头的墙上开有一扇小暗门,墙外是矮树林,山毛榉道路的左右两侧都可以到达那里。从西面的台阶,目光越过连接高原的灌木,欣赏到满山遍野的庄稼。离此不远的地平线上,一座小村庄的教堂,黄昏风静时,有的房屋冒出袅袅炊烟。

夏季,每个晴天的晚上,我们在饭后到"下花园"去。从小暗门出去,坐到路边的一条长椅子上,在这里乡野景色几乎一览无遗;舅父、母亲和阿斯布尔顿小姐坐在一座废弃的泥灰岩矿的茅草棚顶旁边;眼前的小山谷里雾气弥漫,远处的树林上空夕阳余晖。然后我们又到已经昏暗的花园角落里停留一会。我们回去,在客厅里见到舅妈,她几乎从不跟我们出去……对我们孩子来说,晚间就这样结束了;但是我们在各自的房间里经常还看书,过后会听到做父母的上楼的声音。

我们白天的时间不是在花园里过,就是在"学习室"里过,那是舅舅的办公室,里面放了几张课桌。表弟罗贝尔和我并排坐着做功课;在我们后面是朱丽叶和阿丽莎。阿丽莎比我大两岁,朱丽叶比我小一岁;罗贝尔在我们四人中年龄最小。

我在这里叙述的不是我的最早的回忆,但是只有这些回忆与这个故事有关。我要说正是父亲去世的那年这个故事开始了。可能是丧事,也可能即使不是自己悲伤,至少是见到母亲悲伤,使我的情绪过分激动,也唤起我心中其他新感情:我过早地成熟了;那年我们又来到封格斯马尔时,朱丽叶和罗贝尔在我看来还稚气未脱;但是看到阿丽莎时,我突然明白我们两人都已不是孩子了。

是的，这是父亲过世的那年，我们到了不久，母亲跟阿斯布尔顿小姐的一次谈话使我记得那么清楚。母亲和她的朋友正在房间里说着话，我意外地闯了进去。她们在议论舅妈；母亲很生气，舅妈没有戴孝或者那么早就脱了孝。（说实在的，要比科兰舅妈穿黑色就像要母亲穿亮色，对我都是无法想象的。）据我记得，我们到的那天，吕西尔·布科兰穿一袭薄纱长袍。阿斯布尔顿小姐一向做人随和，竭力给母亲消气，怯生生地找理由：

"其实，白色也是服丧啊。"

"她披在肩上的那条红围巾，您也说是在服丧吗？弗洛拉，您真叫我光火！"妈妈大叫。

我只是在暑假那几个月里跟舅妈见面，无疑是夏天的酷热，使我看到她总是穿着单薄、大开领的紧身衣，舅妈这件袒胸露背的衬衣要比披在裸肩上的鲜艳围巾，更叫母亲义愤填膺。

吕西尔·布科兰长得很美。我保存着她的一张小画像，完全是她那时候的模样，按照她的习惯姿势侧身坐着，神气那么年轻，简直可以认为是她女儿的姐姐。她头斜靠在左手，一只小指头矫情地弯向嘴唇边上。浓密的鬓发半挂在后颈，由一只粗眼发网罩住。松松的黑丝绒颈饰上挂一枚意大利镶嵌画纹章，垂落在衬衣的开胸处，黑丝绒腰带上扎着一只飘动的大蝴蝶结，一顶宽边软草帽用带子系在椅背上，这一切更显出她的青春。右手下垂，抓了一部合拢的书。

吕西尔·布科兰是克里奥尔人①。她不是从来没见过,就是很早失去了父母。母亲后来跟我说,她是个弃儿或者是个孤儿;伏蒂埃牧师夫妇没有孩子,领养了她,离开马提尼克岛以后不久,也把她带到布科兰家定居的勒阿弗尔。伏蒂埃和布科兰两家常来常往;舅父那时在外国的一家银行供职,只是在三年以后,回到家来才遇到了小吕西尔;他迷上了她,立刻向她求婚,叫他的父母和我的母亲大为难过。吕西尔那时十六岁。这期间,伏蒂埃太太生过两个孩子,她开始为他们担忧,生怕受养女的影响,养女的性格变得一个月比一个月古怪:此外家庭收入也不富裕……这一切都是母亲对我说的,为了向我解释伏蒂埃一家喜出望外地接受了她弟弟的求婚。此外根据我的猜测,年轻的吕西尔开始叫他们非常难堪。我了解勒阿弗尔社会,不难想象大家如何接待这个妖艳动人的少女。我过后不久认识到伏蒂埃牧师温和、谨慎又天真,不善于钩心斗角,面对罪恶束手无策——这位老好人后来被逼入了绝境。至于伏蒂埃太太,我没有什么可说的,她生下第四个孩子后在产褥期死去,这个孩子跟我年龄相近,后来也成了我的朋友。

吕西尔·布科兰很少参加我们的生活;她只是在中饭以后才走下楼来;她立刻躺在一张沙发上或者一只吊床上,伸直着身子挨到傍晚,再起身时也是懒洋洋的。她有时在没有一点汗

---

① 法国对安的列斯群岛等殖民地白人后裔的称呼。

气的前额上盖一块手绢,好像要吸掉上面的水分;手绢做工精致,散发香气,叫我闻了舒心提神,不像是花香,而是果子香;她有时从腰带里取出一面活动银盖小镜子,它跟其他杂件串在她的表链上。她照镜子,用一个指头碰碰嘴唇,沾一点口水,使眼角润湿。她经常拿了一部书,但这部书几乎总是合拢的,书页中夹着一片玳瑁书签。有人经过她身边,她的目光不会从梦境中转过来看你一眼。经常从她松弛或疲劳的手里,从沙发的扶手或裙子的褶裥,那块手绢,有时又是那部书,或一朵花,或那个书签,跌落到了地上。有一天我捡起那部书时——我要跟你们说的是一则童年回忆——看到这是诗集,面孔都红了起来。

晚餐后,吕西尔·布科兰不走近我们一家人围坐的桌子,但是坐到钢琴前,弹奏肖邦的缓慢的玛祖卡舞曲自得其乐;有时节拍戛然而止,她身子一动不动停在一个和弦上……

我在舅妈身边感觉到一种奇怪的不安,一种包含惶惑、欣赏与畏惧的复杂感情。可能是一种模糊的本能警告我要提防她;还有我发觉她看不起弗洛拉·阿斯布尔顿和母亲,阿斯布尔顿小姐怕她,母亲不喜欢她。

吕西尔·布科兰,我愿意不再怪您,一时忘掉您造成那么多的伤害……至少我努力平心静气地谈到您。

那年夏天——或许是第二年夏天,因为背景始终不变,我

的回忆有时会重叠混淆——有一天我走进客厅寻找一部书;她在里面。我立刻抽身往回走;她平时像没有看见我似的,这次叫住我:

"杰罗姆!你为什么那么快要走?我叫你害怕啦?"

我走近她,心头乱跳;我大着胆子向她微笑,把手伸给她。她用一只手握住我的手,用另一只手抚摸我的面颊。

"你的母亲真不会给你穿衣服,我可怜的小伙子……"

我穿了一件高领水手服,舅妈开始拿在手里捏皱。

"穿水手服领子要敞开!"她一边说一边把一颗衬衫纽扣拉掉,"瞧!看你自己不是好点了么!"她取出她的小镜子,把我的面孔拉向她的面孔,把她的裸臂勾住我的脖子,手伸到我敞开的衬衫里,还笑着问我怕不怕痒,更往里面伸……我一惊,势头很猛,把水手服也挣破了;我满脸通红,而她却叫:

"嗨!大傻瓜!"我逃开一直跑到花园深处,在花园的小池子里浸湿手帕,放在额头上,把我的面颊、脖子、这个女人碰过的地方又洗又擦。

有些日子,吕西尔·布科兰会"发毛病",她这病突如其来,闹得全家惶惶不安。阿斯布尔顿小姐急忙把孩子带开,给他们找点事情做;但是无法不让他们听到从她的卧室或客厅里传过来的号叫声。舅舅惊慌失措,我们听到他在走廊里乱窜,找手巾,找科隆水,找乙醚;晚餐桌上,舅妈还不露面,舅舅表情又愁又老。

当毛病快要发过去时,吕西尔·布科兰把自己的孩子叫到身边,至少有罗贝尔和朱丽叶,从来不叫阿丽莎。在这些悲惨的日子,阿丽莎关在房间里,她的父亲有时到房里去找她,因为他经常跟她闲谈。

舅妈发病使仆人很惊恐。有一天晚上病发得特别厉害,我得到嘱咐和母亲一直待在她的房间里,客厅里有什么动静,传到那里轻多了。我们只听到厨娘在走廊边跑边喊:

"先生快下楼来吧,可怜的太太要死啦!"

舅舅已上楼进了阿丽莎的房间,母亲走出去迎他。一刻钟后,他们两人经过,没有注意到我留在房间里窗子大开,母亲的声音传到我这里:

"我的朋友,要不要我跟你说,这一切都是在做戏。"她好几次一字一顿地说:在—做—戏。

这件事发生在暑假快结束时,离我们的丧事已有两年。后来我有很长时间没有再见着舅妈。有一桩不幸的事搅乱了我们的家庭,还有一个小插曲发生在事情解决前不久,使我对吕西尔·布科兰复杂不定的感情转化成了纯然的憎恨,不过在谈这两件事以前,我必须跟你们谈谈我的表姐。

阿丽莎·布科兰长得美,我当时还不懂得去发现;我被她吸引,留在她身边不走,不只是她长得美,而是另一种魅力。当然,她很像她的母亲;但是她的眼神非常不同,以致我只是很久以后才察觉她们相像。我不擅长描述一张面孔;五官、甚至眼睛的颜色也看过就忘。我只记得她微笑时已带凄凉的表情，两条眉毛高高挑起，在眼睛上面形成一个大圆圈。我在别处从未见过这样的眉毛……也可以说见过，那是但丁时代的一尊小雕像；我不由猜想贝阿特丽克斯①童年时也有这样两条又弯又长的眉毛。这两条眉毛使眼睛以致全身都带有一种又焦虑又信赖的询问表情。是的，充满热望的询问表情。她身上的一切都是问号和期待……我将告诉你们这个问号怎样占据了我的心，支配我的生活。

可是朱丽叶看起来或许更美；欢乐和健康使她容光焕发，但是她的美跟姐姐的典雅相比，显得太露，叫人一眼看尽没有回味。至于表弟罗贝尔，他的性格没有什么特点，只是一个跟我几乎同龄的少年而已；我跟朱丽叶和他玩耍，而跟阿丽莎谈话；阿丽莎很少参加我们的游戏；至今回忆起不论多么远的往事，在我眼里她还是严肃、淡淡笑容和若有所思的样子。我们谈些什么？两个孩子有什么可以谈的呢？我马上就会告诉你们的，但是我愿意先把舅妈的事交待完毕，免得以后又再提起她。

父亲过世后两年，母亲和我到勒阿弗尔过复活节假期。我们没有住在布科兰家，他们在城里的住宅很挤，而是住在母亲的一个姐姐家，她的房子要宽敞得多。普朗蒂埃姨妈长期守寡，我很少有机会遇到。她的孩子我也不熟，年龄比我大得

---

① 但丁《神曲》中的人物。

多，性格也很不相同。"普朗蒂埃家"，我们在勒阿弗尔的人都这样叫，其实不在市内，而是坐落于半山腰里，这座小山俯视全城，就叫"小冈"。布科兰一家住在商业区附近。斜坡上有一条小道可以很快从这一家走到另一家；我一天在斜坡上上下下好几次。

那一天，我在舅舅家吃了中饭。饭后不久他就出去了，我陪他到办公室，然后上山到普朗蒂埃家找母亲。到了那里我知道她已和姨妈一道出门去了，要到晚饭时才回家。我立即再下山到了城里，我也很少有机会在城里自由溜达。我走到港口，海面的雾把港口遮得死气沉沉；我在码头上闲逛了一两个小时。突然我想出其不意去看阿丽莎，虽然我才离开她不久……我跑步穿过市区，按布科兰家的门铃；我已经要冲向楼梯。给我开门的女佣拦住我：

"不要上去，杰罗姆先生！不要上去，太太在犯病。"

但是我没理睬："我不是来看舅妈的……"阿丽莎的房间在三楼。一楼是客厅和餐厅；二楼是舅妈的房间，里面有声音传出来。房门开着，人必须走过门前，房间里射出一缕光线，把楼梯口切成两片；我怕被人看到，犹豫一下，躲了起来，惊骇地看到这一个情景：房间的窗帘全部拉上，但是两支枝形烛台点上了蜡烛，放出欢乐的光芒，舅妈躺在房间中央的一张长椅子上，她的脚边是罗贝尔和朱丽叶；她的身后是一个陌生青年，穿一身中尉制服——有这两个孩子在场，今天在我看来是丑恶无比；那时我天真无邪，看见他们反而感到安心。

他们满脸笑容盯住陌生人看，陌生人则尖声尖气重复说：

"布科兰！布科兰！我要是有一头绵羊，我一定叫它布科兰。"

舅妈自己也放声大笑。我看到她递给青年一支香烟，青年点燃了，再由她吸了几口。香烟掉到地上。他扑上前去捡，假装两脚绊在一条围巾里，跪倒在舅妈面前……趁着这幕闹剧，我才溜了过去没被发现……

我到了阿丽莎的房门口。等待了一会儿。从下一层楼传来响亮的谈笑声；可能盖过了我的敲门声，因为我听不到回答。我推门，门无声地开了。房里已经非常暗，我没有立刻辨认出阿丽莎；她跪在床头，背对着格子窗，从窗外透进苍白无力的阳光。当我走近她时，她转过身，但是没有站起来；她喃喃说：

"哦！杰罗姆，你怎么又来了？"

我弯下身拥抱她，她的脸上都是泪水……

这一时刻决定了我的一生；今天回想起来还是不能不感到忧伤。当然阿丽莎为什么悲痛，我显然并不完全了解，但是我强烈地感觉，她这颗弱小、颤动的灵魂，她这个单薄、抽泣不止的身体，是经受不起这样悲痛的。

我站在她身边，她依然跪在地上；我不知道如何表达内心前所未有的激动；但是我把她的头搂在自己胸前，嘴唇压在她的额上，从这里传达我的灵魂。我满怀怜爱，还有一种夹杂热诚、无私与美德的模糊感情，我竭尽全力向上帝呼吁，自愿献身，此生中除了保护这个孩子不受恐惧、罪恶和生活的伤害，没有其他目的。最后我满口祈祷跪了下来；我要她在我身上得到庇护；我在昏乱中听到她说：

"杰罗姆，他们没有看到你，是吗？哦！你快走吧！不要让他们看见你。"

然后声音更低了：

"杰罗姆，别对人说……我可怜的爸爸一点不知道……"

我对母亲也就没说什么；但是普朗蒂埃姨妈跟她窃窃私语没完没了，这两个女人神情诡秘、忙碌、难过，每次密谈时我走近去，她们就支开我说："我的孩子，你到别处去玩吧！"这一切向我说明布科兰家的秘密她们并不是完全不知道。

我们刚回到巴黎，一封电报又把母亲唤回勒阿弗尔：舅妈不久前离家出走了。

"跟个男人一起？"我问阿斯布尔顿小姐，母亲把我留在她身边。

"我的孩子，这事你以后去问你妈；我是没法回答你的。"这个可亲的老朋友说，这件事叫她无法应付。

两天后，她和我两人动身去找母亲。这是一个星期六。我可以第二天在礼拜堂里遇到我的表姐妹，只有这件事才占据我的心；因为在我儿童的心目中圣堂重逢还是一件大事。总之我不会为舅妈的事操什么心，我也摆出尊严不去问母亲。

那天早晨，小礼拜堂里的人不多。伏蒂埃牧师，显然有意选择了基督的话作为他的默祷内容："你们要努力进窄门。"

阿丽莎坐在我前面几排的位子上，我看到她的面孔侧影；我忘情地盯着她看，以致觉得通过她才听到我竭力要听的这些话。舅舅坐在母亲旁边哭。

牧师首先念完整个章节："你们要努力进窄门，因为引到死亡，那门是宽的，路是大的，进去的人也多。引到永生，那门是窄的，路是小的，找着的人也少。"然后，他分清经文的段落，首先宣讲了路是大的……我神思恍惚像在梦境中，又看到了舅妈的房间；又看到舅妈躺着笑；我看到英俊的军官也笑了起来……就是笑、欢乐这样的想法本身就是一种伤害，一种侮辱，好像加重了罪恶的丑陋。

"进去的人也多。"伏蒂埃牧师又说了一遍；然后他绘声绘色描写，我看到一批人盛装艳服，嘻嘻笑笑向前走，他们成群结队，我觉得我不能、也不愿意在其中找到位子，因为我跟他们走一步，离开阿丽莎远一步。牧师又重提经文的开头部分，我看到了必须努力才能进去的那扇窄门。我在还没有摆脱的梦幻中把它看作一台轧机，我努力要往里挤，疼痛难忍，然而却多少预尝到了一点天赐之福。这扇门又变成了阿丽莎的房门；我要往里走，必须缩小身子，把身子里的一切私心杂念都排除在外……因为引到永生，那门是窄的，伏蒂埃牧师继续这样说——我预感到，超越于一切苦行和苦难以上的，是另一种纯洁、神秘、天使般的欢乐，我的灵魂已经如饥似渴地需要。我想象中这种欢乐，像一首提琴曲，又尖厉又温柔，像一团烈火，阿丽莎的心和我的心在其中烧成了灰烬。我们两人往前走，穿着《启示录》中说的这种白衣，手拉着手，望着同一个目标……要是这些儿童的梦幻令人发笑，我也不在乎！我毫不改动把它复述了出来。这里面可能有含糊不清的地方，那只是表现在用词欠妥和形象不完整上，那种感情还是千真万确的。

"找着的人也少。"伏蒂埃牧师最后说。他解释怎样找着那扇窄门……人很少——我会是其中一个……

布道快要结束时，我的神经紧张已极，以致仪式一完，我就往外逃，不想去见表姐——同时出于自豪，要让我暗中下的决心经受考验，想到立刻离开她才是最配得上她。

二

　　这种严格的教育在我的身上找到了一颗合适的灵魂。我这人天性安分，父母亲身体力行，再加上他们对我童年最初的感情冲动，都以清教徒的戒律管教得我循规蹈矩，终于使我的心倾向于我所听说的美德。我约束自己，犹如其他人放纵自己，在我看来都是天经地义的。人家逼我遵守的清规戒律，不但不叫我反感，反而叫我沾沾自喜。我在今后追求的不全是幸福，而是达到幸福的无限努力，已经把幸福与美德混为一谈了。当然到底还是个十四岁的孩子，遇事不果断，前途也未定，但是不久我对阿丽莎的爱毫不含糊把我往这个方向推。这是内心突然闪过的一道灵光，使我对自己有了意识：我看到自己内向，不开朗，充满期待，不关心别人，很少有进取心，除了约束自己以外不思其他作为。我喜爱学习；在游戏中，我只喜欢那些需要思考或努力的游戏。我很少跟同龄的同学来往，参加他们的嬉乐也只是出于交情或凑合。可是我跟阿贝尔·伏蒂埃交上了朋友，他第二年到巴黎来插班进了我们的班级。他是个温雅懒散的少年，我对他友情多于尊重，但是跟他至少可以谈起勒阿弗尔和封格斯马尔，我的思想不断地飞往那里。

　　还有表弟罗贝尔·布科兰，他进了我们读的同一所中学，当寄宿生，但是低两级，我只有在星期日才见到他。他要不是我的表姐妹的兄弟——他跟她们也很少有相像的地方——我决不会高兴见到他的。

我那时一心沉浸在爱情中，也只是在爱情的照耀下，这两人的友情才对我有点意义。阿丽莎如同福音书中提到的那颗名贵的珠子，我则是变卖一切所有要买到它的人。尽管我还是个孩子，我侈谈爱情，又以爱情来称呼我对表姐的感情，是不是错了呢？从我以后的生活经验来说，这样的称呼是再恰当不过了；况且，当我长大后，肉体感到更明确的骚扰时，我的感情本性并未多大改变；我并不企图更直接地占有我少年时代只是宣称般配的那个女人。不论工作、劳动、行善，我暗中把一切都献给她，还做得细腻周到，经常不让她知道我只是为了她才做的事情。我就是这样陶醉于谦谦君子的行为，还很少考虑自己的好恶，一切事不让自己辛苦一番就不会感到满足。

这种讨好的事只是我一个人起劲吗？我只是为她操心，并不觉得阿丽莎有所感动，由于我或为了我去做些什么。她朴实无华的灵魂中一切都美丽天然。她的美德那么自在大方，好像天生如此，由于她的笑容充满稚气，她严肃的目光也变得挺可爱；我又看到面前出现这样的目光，宁静温柔，充满问号，我明白舅舅为什么心神不宁时要在大女儿身边寻找支持、忠告和安慰。在下一个夏天，我经常看见他跟她谈话。悲哀使他苍老许多；他在餐桌上不大说话，或者有时候突然强颜欢笑一下，比沉默还叫人难受。他关在书房里抽烟，直到傍晚阿丽莎去找他：他在催请下才出来，像孩子似的被人带着进了花园。他们两人沿着花径往下走到菜园台阶附近的环形路口坐下,我们在那里放着几把椅子。

一天傍晚,我躺在草地上读书,遮在一棵绛红色山毛榉大树的阴影下,跟花径只隔了一道月桂树篱笆,阻挡了视线,但阻挡不了声音,我听到了阿丽莎和舅舅的声音。他们显然刚才谈到了罗贝尔;阿丽莎那时说出了我的名字,因为我开始清晰听到他们说什么,舅舅叫了起来:

"哦!他么,他一直好学不倦。"

我无意中成了窃听者;我要走开,至少做个什么动作向他表明我在这儿;但是做什么呢?咳嗽?喊:我在这里,我听到你们啦!……使我默不作声的,是为难和不好意思,而不是因好奇心要多听几句。况且他们只是走过那儿,我就是听到他们说话也是很不完整的……但是他们往前走得很慢;还会不慢吗,因为阿丽莎按照自己的习惯,臂上挽着一只篮子,摘下枯萎的花,在贴墙的树边拣起发青的水果,那是因海上经常发大雾而落下来的。我听到她清亮的声音:

"爸爸,帕利西埃姑父是不是个很杰出的人?"

舅舅的声音低沉不清;我听不清他的回答。阿丽莎追问不舍:

"很杰出,是吗?"

回答又是很模糊;然后阿丽莎再问:

"杰罗姆很聪明,不是吗?"

我怎么会不竖起耳朵呢?但是我还是什么也听不清。她又说：

"你认为他以后会成为一个杰出的人吗？"

这时舅舅提高了声音：

"不过，我的孩子，我首先要弄明白你说的'杰出'是什么意思！有人可能很杰出，但是并不显露，至少在大家眼里如此……然而在上帝眼里又是非常杰出的。"

"我要说的就是这个意思。"阿丽莎说。

"还有……这谁又能说清楚呢？他还年轻……是的，当然他前程远大，但是要成功这是不够的……"

"还需要什么？"

"嗨，我的孩子，你要我对你说什么呢？还需要信心、支持、爱……"

"你说的支持是什么？"阿丽莎打断他说。

"这就是我失去的温情和尊重。"舅舅悲哀地回答；然后他们的声音再也听不到了。

晚祷时间，我对无意中的失礼行为感到内疚，许愿要在表姐面前自责一番。可能这次掺杂了要多打听一点的好奇心。

第二天我刚说了前面几句话，她说：

"不过杰罗姆，偷听人家说话很不好。你应该关照我们或者自己走开。"

"我向你保证我没有偷听……我是无意中听到的……还有你们只是经过那里。"

"我们走得很慢。"

"是的,但是我没听到什么。只一会儿我就听不到你们了……你说,你问要成功还需要什么时舅舅是怎样回答你的?"

"杰罗姆,"她笑着说,"你是完全听到的!你还要逗我重新说一遍呢。"

"我向你保证我只听到个开头……他说到信心和爱的时候。"

"他后来又说还需要许多其他东西。"

"可是你是怎样回答的呢?"

她一下子变得非常严肃:

"当他说到生活需要支持的时候,我回答说你有自己的母亲。"

"哦!阿丽莎,你知道我不会永远有她的……而且这不是一回事……"

她低下头:

"他回答我的也是这句话。"

我颤抖着握住她的手。

"不管我今后成为什么人,我愿意这全是为了你。"

"但是,杰罗姆,我也是会离开你的。"

我的话反映了我的心灵:

"我永远不离开你。"

她耸一耸肩膀:

"你难道不够坚强,一个人走不了吗?我们每个人都是单独走向上帝的。"

"但是由你指引我的道路。"

"你为什么不找基督而找另一个人领路呢？只有我们祈祷上帝时把对方忘记，我们彼此才是最接近的，你相信吗？"

"是的，"我打断她的话说，"我每天早晚向上帝祈祷的就是我们相聚一起。"

"那么你不明白什么是与上帝的神交圣礼吗？"

"我心里明白得很，这就是在同一个崇拜对象中热情相聚。我觉得我就是为了跟你相聚才崇拜我知道你所崇拜的对象。"

"你的崇拜动机不纯。"

"不要对我太苛求了。我要是在天堂里找不到你，我也就不在乎这个天堂了。"

她把一个指头放到嘴唇上，神色庄严地说：

"首先要寻找的是神的天国和正义。"

把我们的话记下来时，我觉得有人会认为这些话不像是孩子说的，因为他们不知道有的孩子就是愿意说一些非常庄严的话。我有什么办法呢？我为这些话辩解吗？才不呢，就像我也不会涂改这些话，让它们显得更自然一些。在此以前，我们得到了《通俗拉丁文译本圣经》中的《福音书》，把其中大段文章背得滚瓜烂熟。阿丽莎借口为了辅导弟弟，跟着我一起学起了拉丁文；但是我猜想更主要的是为了继续跟我一起阅读。当然，凡是我知道她不会跟着我学的一门课，我是不会怎么感兴趣的。这有时会妨碍我，但是不像人家所想的会遏制我精神奋发，恰巧相反，我觉得她处处不受拘束地在指引我。但是我的精神随着她在选择道路,那时我们操心的则是我们称为"思想"的东西,经常只是一种神交圣礼的借口,这种神交圣礼比感情的伪装、比爱的掩饰更要细腻深刻。

最初,母亲对于她无法估量其深度的一种感情,可能感到不安;但是现在她觉得自己体力在衰退,她喜欢用同样的母爱把我们两人拥抱在一起。她长期患有心脏病,感到身子不适愈来愈频繁。有一次病发得很厉害,她把我叫到身边,对我说:

"我可怜的孩子,你看到我老了许多,终有一天我会突然抛下你走了。"

她不说了,透不过气来。我情不自禁地喊出了她好像期待着我对她说的话:

"妈妈……你知道我要娶阿丽莎。"显然我的这句话说出了她内心深处的想法,因为她马上又说:

"是的,我的杰罗姆,我要跟你说的就是这件事。"

"妈妈!"我一边抽泣一边说,"你相信她爱我,是吗?"

"是的,我的孩子,"她温柔地重复了好几次,"是的,我的孩子。"她说话困难。她又说:"这应该由上帝来安排。"然后,因为我俯身对着她,她把手放到我的头上,又说:

"让上帝保佑你们,我的孩子!让上帝保佑你们两人!"接着她昏睡过去了,我怎么也叫不醒她。

这个话题再也没有提起;第二天,母亲感觉好一些;我又回去上课,知心话说到一半又给沉默罩住了。要不然我会多听到几句吗?阿丽莎爱我,我不曾有过片刻怀疑。即使我在这以前有过怀疑,那么在接着那件丧事中,这种怀疑从我心中永远消失了。

一天晚上,母亲在阿斯布尔顿小姐和我面前,非常平静地走了。把她带走的最后一次发病,初看起来并不比以前几次严重,只是到了后来急转直下,临死前没有一个亲戚来得及赶过来。第一个夜里我留在母亲老友的身边,给死去的亲人守灵。我深爱母亲,尽管流着眼泪,奇怪自己心里并没有感到悲哀,当我哭的时候,那是为阿斯布尔顿小姐难过,她看到自己的朋友,年轻好多年,却先她而去侍候上帝了。不过我心中的私念远远胜过我的悲伤,那就是这次丧事会加速表姐与我的接近。

第二天,舅舅来了。他把女儿的一封信交给我,她要再过一天才跟普朗蒂埃姨妈一起来。她在信中说:

……杰罗姆,我的朋友,我的表弟……我多么遗憾未能在她去世前把那几句话说出来,不然会使她心满意足的。现在请她原谅我吧!从今以后只有上帝给我们两人领路了!再见,我可怜的朋友。我比任何时候都更温柔地做你的阿丽莎。

这封信究竟是什么意思?她遗憾没有说出来的话,不是以身相许又是什么呢?我还那么年轻,自然不敢立即向她求婚。可是,我需要她的承诺吗?我们不是已似一对未婚夫妻了吗?我们的爱情对亲友已不是一桩秘密;舅舅也像母亲一样不会设置任何障碍;相反他已把我当作儿子对待。

几天后又到了复活节,我到勒阿弗尔过节,住在普朗蒂埃姨妈家,三餐几乎都是在布科兰舅舅家吃的。

我的姨妈费利西·普朗蒂埃是最贤淑的女人了,但是不论表姐妹还是我都跟她不是很亲近。她终日忙得气喘吁吁;她的动作生硬,声音不悦耳;她粗手粗脚爱抚我们,一天中任何时候都会宣泄她对我们过度的感情。布科兰舅舅很爱她,但是我们一听到他对她说话的声调,就感到他更爱我的母亲。

"我可怜的孩子,"一天晚上她对我说,"我不知道今年夏天你打算怎么过,但是我等着要知道你的计划,然后再决定我自己做什么;你要是用得上我……"

"我还没有好好想过,"我回答她说,"我可能会去旅行。"

她又说:

"你知道,在我家跟在封格斯马尔一样,你永远会受到欢迎。你去那儿舅舅和朱丽叶都会高兴的……"

"您要说的是阿丽莎吧。"

"是的!对不起……你不会相信,我一直以为你爱的是朱丽叶,直到后来你舅舅跟我说了……一个月前……你知道,我很爱你们,但是我不很了解你们;我没有多少机会看到你们……而且我也不善于观察;我没有时间停下来去管那些不干我的事。我看见你总是跟朱丽叶玩……我就认为……她那么漂亮,那么活泼。"

"是的,我还是很乐意跟她玩;但是我爱的是阿丽莎……"

"很好！很好，这要听你的……而我，你知道，可以跟你说我不了解她；她说话比妹妹少；我想既然你选择了她，你这样做是有充分理由的。"

"但是，姨妈，我没有选择就爱上了她，我从来不问自己是什么理由要……"

"别生气，杰罗姆；我跟你说话没有什么坏意……我原本要跟你说的话都叫你给忘了……啊！是啦：我想，当然，这样下去迟早总是会结婚的；但是，你在服丧，你也不能名正言顺地先订婚……还有你还年轻……我想你现在在封格斯马尔，身边又没有母亲，这在人家眼里看来不好……"

"不过，姨妈，正是这个原因我说要去旅行。"

"是的，那好吧，我的孩子，我想过啦，有我在这里可以使事情顺利进行，我已经作好了安排，夏天可以空出一部分时间。"

"只要我求她，阿斯布尔顿小姐肯定会高高兴兴来的。"

"我知道她会来的。但是这还不够！我也要去……哦！我可不配替代你可怜的母亲，"她突然抽泣起来加了一句，"由我来管家务……总之这样你、你舅舅、阿丽莎就不会感到拘束了。"

费利西姨妈对自己在场促成好事过于自信了。说实在的，正是她使我们都感到拘束。她像事前宣布的那样，从七月起就在封格斯马尔住了下来，阿斯布尔顿小姐和我没等多久就去跟她会合。她说是帮助阿丽莎料理家务，其实使这幢本来安静的房子日夜充满了闹声,她急于向我们讨好,像她说的使"事情顺利进行",做得非常惹眼,以致阿丽莎和我只要她在面前,大多数情况下感到拘束,几乎无话可说。她一定觉得我们冷冰冰的……即使我们不是闭口不语,她就会理解我们爱情的性质了吗?朱丽叶的性格不同,适合这种热情洋溢的表示;看到姨妈对她的小侄女表现出明显的偏爱,我感到不平,可能也影响到我对姨妈的感情。

有一天早晨,邮差来过以后,她叫我去:

"我可怜的杰罗姆,我抱歉极了;我的女儿有病,要我去,我不得不要离开你们了……"

我空自顾虑重重,去找舅舅,不知道姨妈走了以后我留在封格斯马尔是否合适。但是刚说了头几句话,他就嚷了起来:

"这类事最自然不过了,我这位可怜的姐姐又想到什么啦,要弄得这么复杂?嗨,杰罗姆,你有什么理由要离开我们?你不是已经像我自己的孩子了吗?"

姨妈在封格斯马尔前后只待了不到两周。她一走,房子又变得悄然无声了,恢复原有的宁静,这倒很像是幸福。我们的爱情没有因我戴孝而黯淡,反而更加庄重。我们开始过一种单调平淡的生活,就像置身在回音响亮的空地上,我们最轻微的心跳声也可以听到。

姨妈走了几天后,一天晚上在餐桌上,我们谈到了她——

我记得我们是这么说的:

"啊!多么激动!难道是生活的波涛,使她的灵魂得不到更多的平静?完美无缺的爱情,在这里会有怎样的倒影?"因为我们想起了歌德谈到斯坦因夫人时写的一句话:"看到她心灵中反映的世界,是一件美事。"我们立刻据此建立了我也说不清的等级制,把意念功能列为最高品位。舅舅一直没有开口,带着凄凉的笑容指责我们说:

"我的孩子,人的形象即使残缺不全,上帝也会把他认出来的。我们不能依据他一生中的某一时刻去评论一个人。我可怜的姐姐身上叫你们不喜欢的一切,都是她的生活遭遇造成的,我对这些事太清楚了,因而不会像你们那样严厉批评她。青年时代的优点再讨人欢喜,随着年岁愈来愈老,没有不蜕变的。你们说费利西激动,起初只是可爱的兴致,不假思索,一时忘我的感激……我向你们保证,我们以前跟你们今天的表现没有多大区别。杰罗姆,我跟你很像,或许比我说的还要像。费利西也很像今天的朱丽叶……是的,从外貌上也像,"他朝女儿转过身又说,"突然我在你的响亮笑声中看到了她;她以前也有过你这样的微笑,也有过你这样的姿势——她很快就失去了——有时像你这样坐着,什么也不做,肘臂往前,两只手的手指交叉托住前额。"

阿斯布尔顿小姐转身向着我,几乎压低了声音说:

"阿丽莎就叫人想起你母亲。"

那年夏天，日朗气清。一切都像渗透了蓝色。我们的热忱盖过了痛苦，战胜了死亡；阴影在我们面前退却。每天早晨，我在欢乐中醒来；我拂晓即起床，奔向红日……当我回想起这段时光，看到的是处处露水。阿丽莎熬夜很晚，朱丽叶就比姐姐起得早，下楼跟我一起到花园里。她充当姐姐与我之间的信使；我向她没完没了地讲述我们的爱情，她也像是百听不厌，我把我不敢对阿丽莎说的话也说给她听，因为我对阿丽莎太爱慕了，在她面前变得胆怯和收敛。阿丽莎好像接受了这种游戏，觉得我跟她的妹妹谈得那么高兴很有意思，不知道或者装作不知道目前我们谈的只是她。

哦，爱情，即使是痴情，也要精心装扮一番，你通过什么样的暗道把我们从笑声引向哭声，从无邪欢乐引向道德规范！

那年夏天悄然过去了，纯洁，毫无曲折，日子过得非常顺当，今天我的记忆中几乎什么也没有留下。唯一的大事是闲谈，读书……

"我做了一个凄凉的噩梦，"在假期最后几天的一个早晨，阿丽莎对我说，"我活着，而你死了。不，你死我没有看到。只是有这件事：你死了。这真可怕：这太不可能了，我只当作你出门去了。我们分离在两地，我觉得有办法找到你；我想方设法，为了找到办法，我一用力把自己憋醒了。

"今天早晨，我相信我还在梦的控制下，仿佛我还在做梦，我还觉得我跟你分离了，我们还要分离很长时间，很长时间——"她压低声音又说："我这一辈子——必须一辈子做极大的努力……"

"为什么？"

"两个人，都要做极大的努力才能相聚。"

她的话我不放在心上，或许也怕放在心上。好像表示抗议似的，我突然来了勇气对她说，心却跳得厉害：

"而我今天早晨梦见了我要娶你，没有东西可以使我们分离——除非死。"

"你相信死可以使人分离吗？"她又说。

"我要说的是……"

"我相信死反而可以使人接近……是的，使生活中分离的人接近。"

这一番话如此深入我们的内心，以致我们谈话的语调至今犹在耳际。可是我只是在后来才明白这次谈话的严肃性。

夏季过去了。大部分田地已经收了庄稼，视野出人意料地宽阔。我离开的前一天，不，前两天，晚上我跟朱丽叶向花园的树丛走去。

"你昨天给阿丽莎念了什么啦？"她对我说。

"什么时候？"

"在石头椅子上，我们走了以后……"

"噢！……我想是波德莱尔的几句诗吧。"

"哪几句？你不愿跟我说。"

"我们又将钻入冰冷的黑暗世界。"我不乐意地说；但是她

立刻打断我,用颤抖变调的声音继续:

"夏天太短,白日太亮,一切再见啦。"

"怎么!这诗你也会背?"我叫了起来,惊奇不已,"我以为你不爱诗呢。"

"那又怎么?是因为你不向我念?"她笑着说,但是有点不自在……"有时候你好像把我看得愚蠢透顶。"

"也有人很聪明却不喜欢诗。我从来没有听见你说过,你也没要我向你念过。"

"因为全由阿丽莎代劳了……"她沉默片刻,然后突然说:

"后天你要走啦?"

"该走了。"

"今年冬季你做什么?"

"上高等师范一年级。"

"你打算什么时候娶阿丽莎?"

"不会在服兵役以前。甚至不会在更多了解自己今后做什么以前。"

"你还不知道自己今后做什么吗?"

"我还不想知道。我感兴趣的东西太多了。我尽量推迟,等到我必须选择,非选择不可的时候再说。"

"你迟迟不订婚也是害怕不能变更,是吗?"

我耸耸肩,没有回答。她追问不止:

"那么,你们不订婚还等什么?你们为什么不马上订婚?"

"但是我们为什么要订婚呢?我们自己明白两个人现在、今后都属于对方,这还不够吗,非要弄得大家都知道?我若愿意把我的一生交给她,你认为我用诺言约束自己的爱情更好吗?我不这样想。海誓山盟像是对爱情的一种侮辱……我只有不信任她才想到要订婚。"

"我可不是对她不信任……"

我们走得很慢。我们走到那一次我无意中听到阿丽莎与父亲对话的地方。我脑海里闪过一个念头,我刚才看到阿丽莎走出房子到花园里来,她很可能坐在环形路口,她同样可能听到我们的谈话;我不敢对她表白的话,有可能在这里让她听到,这事倒叫我心动;我也有意耍个花招,提高嗓门。

"哦!"我喊了起来,带着跟我年龄不相称的矫情,还过于关心自己说的话,而没有理会朱丽叶的言外之意。"哦!当我们俯身向着所爱的灵魂,就像在镜子中看到我们反映在上面的形象,洞察别人,宛如洞察自己,甚至胜过洞察自己,那有多好啊!温情会多么宁静!爱会多么纯洁!"

我看到朱丽叶心慌意乱,洋洋得意认为这番拙劣的抒情产生了效果,她突然把头伏在我的肩上:

"杰罗姆!杰罗姆!我要得到你会使她幸福的保证!要是她也为你而痛苦,我相信我会恨你的。"

"但是,朱丽叶,"我大声说,吻她,抬起她的头,"我也会恨我自己的。你知道就好了!这是为了更好地跟她开始我的生活,我还没有对自己的事业做出决定呢!先有了她才会有我的前途!没有她我决不考虑今后自己会是什么……"

"你跟她说这话时她怎么说？"

"只是我永远不会跟她说这话！永远不会；就因为这样我们至今没有订婚；从来没有提到过我们结婚，和我们将来做什么。朱丽叶啊！跟她一起生活在我看来是那么美好，我竟不敢……这个你懂吗？我竟不敢对她说。"

"你要幸福出其不意到她面前？"

"不！不是这样。但是我怕……叫她害怕，你懂吗？我窥见这个无比的幸福，我却怕会吓着她！有一天，我问她是不是希望去旅行。她对我说她不希望什么，她只要知道这些国家存在，景色优美，人人都可以去，这就够了……"

"那你，杰罗姆，你想旅行吗？"

"我哪儿都想去！人的一生对我就像一次长途旅行……带着她，阅读书籍，接触人，游历各国……'起锚啦'，你想过这句话是什么意思吗？"

"是的！我经常想。"她喃喃地说。

但是我几乎没在听她说，让她的话像可怜的受伤的鸟掉落在地上。我又说我的：

"在黑夜里启程；在闪耀的晨曦中醒来；在汹涌不定的波涛上两人相依为命……"

"抵达一个港口，就像童年时在画片上看到的那样，一切都新奇无比……我想象中你走在舷梯上，阿丽莎挽着你的胳臂下船来。"

"我们马上到邮局去，"我笑着说，"去取朱丽叶可能会写来的信……"

"寄自封格斯马尔，她可能还留在那里，这个地方在你们看来那么小，那么沉闷，那么遥远……"

这确切是她说的原话吗？我不能肯定，因为，我对你说，我全神贯注在自己的爱情上，不是自己的情话就是在身边也不会听在耳里的。

我们走到环形路附近，正要往回走，这时阿丽莎突然从暗影里走了出来。她脸色那么苍白，朱丽叶喊了起来。

"我确实觉得不太舒服，"阿丽莎匆忙中结结巴巴说，"空气太凉。我想我还是回屋里的好。"她立即离开我们，迅速转过身，朝房子走去。

"我们说的话她都听到了。"阿丽莎一走远，朱丽叶就叫了起来。

"不过我们又没说什么叫她难受的话。相反……"

"让我走吧。"她说，疾步追姐姐去了。

那夜，我没有睡着。阿丽莎吃晚饭时露了面，饭后说头痛立即又走了。我们说的哪些话给她听到了呢？我忧心忡忡回忆我们的谈话。然后我想可能是我走路时不应该挨近朱丽叶，把手臂搂着她；但这是童年时的习惯，阿丽莎看到我们这样走路早有好几次了。啊！我真是个可怜的瞎子，只在自己身上盲目找错，就是一刻也没有想到朱丽叶的话我没有好好听，我也记不清是什么，倒是给阿丽莎听明白了呢。顾不得这么多啦！我急得晕头转向，害怕引起阿丽莎的怀疑，也没想到其他风险，我下决心，不管我对朱丽叶说过什么话，也可能受到她对我说话的影响，我下决心克服患得患失的心理，在第二天就订婚。

这是我离开的前一天。我可以说是这件事使她不开心。我觉得她在躲避我。白天过去了，我找不到机会跟她单独见面；我担心跟她没有说上话就要走了，便在晚餐前不久闯进了她的房间。她正在戴一条珊瑚项链，她举臂弯下身扣链圈，背对门，瞧着肩膀上面一面镜子，镜子两边是点燃的蜡烛。她先是在镜子里看见我，没有转身，继续瞧着我好一会儿。

"咦！我的门难道没有关上吗？"她说。

"我敲门了，你没有回答，阿丽莎，你知道我明天要走吧？"

她没有回答，但是她把没有戴上的项链放到壁炉灶上。"订婚"这两字在我看来太露，太唐突，我用了不知哪种转弯抹角的说法。等到她听懂我的意思，我觉得她身子一个趔趄，靠在壁炉上……但是我自己全身颤抖，战战兢兢不敢朝她看。

我离她很近，没有抬起眼睛，抓住她的手；她没有挣脱，但是稍稍低下头，稍稍抬起我的手，把嘴唇压在上面，身子半倚着我，喃喃地说：

"不要，杰罗姆，不要；我们不要订婚，我求你……"

我的心跳得那么厉害，我相信她感觉到的；她更温柔地又说了："不要，还不到……"

于是我问她：

"为什么？"

"但是该由我来问你：为什么？为什么改了？"

我不敢对她说起前一天的谈话，但是她无疑感觉我是想到了，她目光盯着我说，仿佛在回答我的想法：

"我的朋友，你误会我了，我不需要那么多的幸福。我们这样不幸福吗？"

她努力要笑也笑不出来。

"不，既然我必须离开你。"

"杰罗姆，听着，今晚我不能跟你说……不要糟蹋我们最后的时光……不，不，我一直很爱你；你放心。我以后给你写信，给你解释。我答应写信给你，从明天就写……从你走后就写。现在你去吧！瞧，我眼泪要落下来了……你走吧。"

她推开我，轻轻地挣脱我——这就是我们的告别，因为那天晚上我没法跟她再说什么话，第二天，我动身时，她关在自己的房间里。我看到她在窗边向我挥手告别，望着车辆载着我徐徐远去。

三

那一年，我几乎一直没有能够看到阿贝尔·伏蒂埃，他未等到征兵就参加了军队，而我准备学士学位，重新上了修辞课。我虽比阿贝尔小两岁，却把兵役推迟到了读完高等师范后再说，这样那一年我们两人又一起进了那所大学。

我们重逢异常欣喜。退役以后他旅行了一个多月。我怕见到他变了；他只是变得更自信，而且依然保持昔日的魅力。开学前一天下午，我们在卢森堡公园，我忍不住说出了心里话，对他长时间谈到我的爱情，其实他已经知道。那一年他已经有过几次男女交欢的经历，这使他有一种优越感，有点自命不凡，但是我见了没有丝毫反感。他还跟我打趣说，我不知道如何一锤定音，还提出这句话作为名言：决不能让女人有静心考虑的机会。我让他去说他的，但是想他的高见对我与她都不适合，他只是表明对我们并不了解。

我们到的第二天，我收到了这封信：

我亲爱的杰罗姆：

我对你的建议（我的建议！就用这话称呼我们的订婚么！）考虑了很久。我怕我对你来说年龄太大了。你或许还不觉得什么，因为你没有跟其他女人有过来往，但是我已想到

我把自己托付给你以后看到自己不再叫你喜欢,今后就会忍受莫大的痛苦。你在读这封信时一定会很生气。我也好像听到了你的抗辩,可是我要求你再等待到你有更多的生活阅历时再说。

请理解我在信里这么说只是为了你,因为我深信我决不会不爱你的。

阿丽莎

我们彼此不相爱!会有这样的事么!我还是惊讶多于悲哀,但是惊慌失措,立刻跑去给阿贝尔看这封信。

"那么,你打算怎么办?"他摇着头,抿着嘴把信看完后说。我举起手臂,满心彷徨与失望。"我至少希望你别回信。跟女人开始讨论问题,这下子就完了……你听着:星期六我们到勒阿弗尔过夜,这样星期日早晨可以到封格斯马尔,然后回到这里赶上星期一的第一堂课。我服兵役以后还没有见过你的亲戚;这也是个说得过去的借口,也使我很体面。要是阿丽莎看出这只是个借口,那就更好了!我找朱丽叶作伴,你跟她姐姐谈。你可不要孩子气……说实在的,你的故事里面有些事我解释不清;你一定没有跟我和盘托出……没关系!我会弄清楚的……首先不要宣布我们要去,要让你的表姐措手不及,不能让她有时间戒备。"

我推开花园的栅栏心跳得厉害。朱丽叶立刻迎着我们奔跑了过来。阿丽莎在整理衣服，不急着下楼。我们跟舅舅和阿斯布尔顿小姐闲谈时，她终于走进客厅来了。若说我们突然来临引起她心慌，至少她做到了声色不露；我想起阿贝尔跟我说的话，她待在房里这么久不露面，就是对我做出戒备。朱丽叶异常兴奋，相比之下姐姐矜持更显得冷淡。我感到她不同意我回来，至少她神色中有一种反对的表示，使我不敢再去深究其中有没有更隐蔽的激情。她坐在窗边的一个角落里，离我们较远，好像专心致志做一件刺绣，努动嘴唇，计算针脚。阿贝尔说话。幸而这样！因为我已觉得没有力量，要不是他谈到一年兵营经历和旅途见闻，这场重逢的最初时刻会是沉闷乏味的。舅舅本人也像心事重重。

一吃完中饭，朱丽叶把我叫到一边，拉着我进了花园：

"你怎么也猜不到有人向我求婚吧！"只有我们两人时她大声说了起来，"费利西姑妈昨天给爸爸写信，告诉他尼姆的一个葡萄农来探过口风。她还肯定这是个很好的人家，他今年春天在社交场上遇见过我几次，喜欢上我了。"

"哪位先生，你注意到他了吗？"我问，不由自主对那个求婚者怀有一种敌意。

"是的，我看就是他。堂吉诃德式的老好人，没有文化，很难看，很俗气，样子有点可笑，姑妈见了他没法保持严肃。"

"那么他……有机会的啰？"我说，带点儿挖苦。

"杰罗姆，怎么啦！你开玩笑吧！一个生意人！你要是见过他，就不会问我这个问题了。"

"那……舅舅怎么回答呢？"

"也就是我回答的话：我结婚还太年轻……可惜的是，"她笑着说下去，"姑妈已经料到会有这样的推托，她在附言中说：爱德华·泰西埃尔——这是他的姓名——同意等待，还立刻宣布自己只是'挂上号'……这很荒谬；但是你要我怎么办？我可不能跟他说他太丑啦！"

"那不行，不过你可以说不愿意嫁给一个葡萄农。"

她耸耸肩：

"在姑妈的头脑里这些理由都是不存在的……不谈了吧——阿丽莎给你写信啦？"

她说话连珠炮似的，好像非常激动。我给她看阿丽莎的信，她看的时候满脸通红。当她问我话时我觉得她口气中有点怒意：

"那么，你怎么办呢？"

"我不知道了，"我回答，"现在我来了这里，觉得还是在信里更容易说话，我怪自己不应该来。你明白她这些话是什么意思吗？"

"我明白她要让你自由。"

"不过我那么在乎我的自由吗？她为什么给我写这些你明白吗？"

她回答："不。"口气非常生硬，我虽揣摩不出真相，至少从这个时刻起深信朱丽叶并不是对此一无所知——后来我们正要进入一个弯道时，她突然转过身：

"现在让我走吧。你来不是要跟我谈话。我们待在一起已经太久了。"

她向着房子跑去，一会儿我听到她在弹钢琴。

当我回进客厅，她正在跟找上她的阿贝尔说话，弹琴没有停止，但是随随便便，仿佛想到哪里弹到哪里。我没有打扰他们。我在花园徘徊了很久，寻找阿丽莎。

她在果园的尽头，摘墙脚边上初开的菊花，菊花与山毛榉枯叶的清香交融在一起。空气中秋意萧瑟。阳光只给墙边的树梢带来一点温意，但是东方的天空是纯洁的。她戴一顶泽特大帽子，把面孔团团围住，还几乎全部遮住，帽子是阿贝尔旅行回来送的，她立即戴上了。我走近时她起初没有转身，但是她无法抑制身子不轻微颤动，我由此知道她听出了我的脚步。我已经全身紧张，鼓起勇气来面对她的责怪和严厉的目光，沉重压在我身上。但是当我走近去，因为胆怯已经放慢了步子——她不把头转向我，而是低下像一个赌气的孩子，等我就在她的身后，才把手伸了过来，手里满满一把花，好像在邀请我过去。我见到这个淘气的动作反而停了下来，她终于向我转过身，走近几步，抬起头，我看到她满脸笑容。在她的目光照耀下，一切在顷刻间又显得单纯自在，以致我自然而然用平常的声音开始说：

"是你的信把我召回来的。"

"我早料到了，"她说，然后用缓和的声调婉转地对我严厉指责，"我就是为这个在生气。为什么我说的话你不好好听，这本来就很简单……（这样说来忧愁与困难其实只是我自己的幻想，只存在于我的脑海中。）我早跟你说过，我们这样很幸福，你向我建议改变，我不同意这有什么奇怪的呢？"

确实，我在她身边感到幸福，无比的幸福，以致我努力让我的想法跟她的想法保持一致；除了她的微笑以外，还跟她在一条气温宜人的花径上携手走在一起；我还要求什么呢。

"要是你愿意，"我严肃地对她说，一下子把任何其他希望都排除在外，全身心沉浸在此时此刻的幸福里——"要是你愿意，咱们今后不订婚了。当我收到你的信时，我同时明白了两件事：我确实是幸福的，我也就要失去幸福了。哦！把我以前的幸福归还给我，我不能没有这个幸福。我爱你完全可以等你一辈子；但是你若不爱我了，你若怀疑我的爱情，阿丽莎，这个想法我受不了。"

"唉！杰罗姆，我不可能怀疑。"

她对我说这话的声音既平静又忧愁；但是使她容光焕发的微笑那么明朗美丽，叫我对自己的恐惧和辩白感到羞愧；我在她的声音深处察觉到的忧愁余音，也就像全是出于这个原因。我于是转移话题，直接谈到我的计划、我的学习、对我大有裨益的新生活方式。那时的高等师范大学还不是不久前演变成的那个学校；纪律颇为严格，只有自由散漫或者倔头倔脑的人觉得不堪忍受；对于勤奋好学、意志坚定者的努力则有促进作用。这种修道院式的生活习惯让我不必涉足社交界，这在我是求之不得，社交界本来对我吸引力不大，再加上阿丽莎害怕交往，在我眼里立刻显得可憎可恨。阿斯布尔顿小姐在巴黎还保留着她当初和我母亲同住的那套公寓。阿贝尔和我在巴黎也只认识她，每个星期日会在她身边度过几小时；每个星期日我会给阿丽莎写信，把我生活中的一切事无巨细地让她知道。

我们现在坐在窗框上，窗子开着，粗大的黄瓜藤蔓偶尔还伸出在窗前，最后几条黄瓜也已经摘下。阿丽莎听我说话，向我提问题；我还从来没有感到她那么温柔细心，热情体贴。一切担心害怕，甚至最小的不安，都在她的微笑中烟消云散了，在她的亲昵中不见踪影了，宛如夜雾消失在蔚蓝的天空里。

后来，朱丽叶和阿贝尔走来找我们，大家坐在山毛榉树丛中的一条长椅上，每人轮流念一段诗，大白天就在阅读史文朋①的《时间的凯旋》中度过了。黄昏来临。

"走吧！"我们告别时，阿丽莎拥抱我，半开玩笑似的说。但还是带这种大姐姐的神气，可能是我行为有欠考虑使她这样做，也可能她有意这样做。"现在答应我从今以后不要这样浪漫了……"

"怎么样，你订婚了吗？"我们单独一起时，阿贝尔就问我。

"亲爱的，这事不再提了吧，"我回答，立刻用一种不容置

---

① 史文朋（1837—1909），英国诗人。

疑的语气加上一句，"还是这样好得多。我从来没有像今晚那么幸福。"

"我也是。"他大声说；然后，突然勾住我的脖子：

"我要跟你说个奇妙的出人意料的事！杰罗姆，我疯狂地爱上了朱丽叶！去年我已经有点这个意思了，但是我后来经过一番生活，我在重新见到你的表姐妹前什么也不愿对你说。现在，事情妥了，我这一生就这样定了。

　　我爱，岂止是爱——我把朱丽叶当偶像崇拜！

"很久以来，我就觉得我对你有一种连襟的感情……"

然后，他又笑又闹，双臂环抱我，像孩子似的在回巴黎的列车车厢座垫上打滚。听了他的表白我气都透不过来了，我觉得其中有点儿带小说的味道，感到很别扭；但是看到他欣喜若狂，还能不跟着高兴吗？

"啊，好哇！你求爱了吗？"我好不容易趁他热情奔放的间隙向他提这个问题。

"还没有呢！还没有呢？"他嚷道，"我不愿意匆匆翻过这最迷人的历史篇章。"

　　最美妙的爱情时刻，
　　并非说"我爱你"的时候……

"喔唷！你不会为这件事责怪我吧，你这位做事慢吞吞的大师。"

"不过，"我又说，有点儿气恼，"你觉得她那边……"

"你没注意到她看到我时手忙脚乱的样子吗？我们做客时她自始至终激动不已，面孔通红，话说个不停！不，你自然什么也没有注意到，因为你的心全被阿丽莎占了……啊，她向我提问题的样子！她听我说话入迷的样子！这一年来她的智力发展神速。我不知道你凭什么居然说她这人不爱看书，你一直以为只有阿丽莎才看书……但是亲爱的，她知道的东西叫人吃惊！吃晚饭以前我们玩了些什么你知道吗？回忆但丁的一首抒情诗；我们各人背诵一句，当我背错时还是她纠正我的。你知道：

　　心在向我叙述爱

"你可从来没有跟我说她学过意大利文。"

"我也不知道啊。"我说，颇为惊奇。

"怎么！开始背诗时，她跟我说是你教会她的。"

"她一定是听到过我向她的姐姐诵读，有一天她在我们旁边缝衣服或刺绣，她经常这样做；但是她根本没显出懂的样子。"

"说真的！阿丽莎和你可是一对自顾自的呆子，你们完全泡在自己的爱情里，却不看一眼她的才智和心灵如何奇妙开启！这不是在恭维我自己，我来的正是时候……没事，没事，我不怪你，这你明白，"他说时又拥抱了我一下，"可是答应我，对阿丽莎不要说一个字。我要单独进行这件事。朱丽叶芳心已动，这是十拿九稳的，我敢于把她的深情留到下次假期。在这段时间我甚至不用给她写信。但是到了新年假期，你和我到勒阿弗尔去过，那时……"

"那时怎么啦……"

"阿丽莎会突然听到我们的订婚消息。我准备把事情办得八面玲珑。你知道这一切怎么进行吗？阿丽莎的允诺你还没法得到，就由我用我们的榜样去给你争取到手。我们劝说她在你们没有结婚以前我们也不能庆祝我们的婚礼……"

他继续滔滔不绝讲个不停，火车到了巴黎，甚至我们进了高等师范也没有住嘴。因为虽然我们从车站走到学校，而且夜色已深，阿贝尔还是陪我进了我的房间，在那里又接着一直谈到天亮。

阿贝尔热情可嘉，对现在和未来都有打算。他看到，并谈到我们成双做对的婚礼；他想象并且描绘每个人的惊异和喜悦；对我们的故事，我们的友谊，他在我们爱情中扮演的角色，他莫不觉得动人可爱。我被他的热忱说得心动，最终也受到感染，在他充满幻想的建议的诱惑下半推半就同意了。我们的抱负和勇气也趁着爱情膨胀起来；大学一毕业，我们成双做对的婚礼就要由伏蒂埃牧师主持，然后四个人出外蜜月旅行。然后我们在事业上大展宏图，我们的妻子都心甘情愿充当我们的辅助。阿贝尔无意于教书，自认为天生是写作的，发表了几出剧本获得成功，很快赚到了他缺乏的财富；而我更感兴趣的是研究工作本身，而不是研究会带来的利益，我想从事宗教哲学研究，并由此写出一部历史书……但是在这里重提这些心愿有什么用呢？

第二天我们又钻入了学习。

四

　　从那时到新年假期日子并不多，跟阿丽莎最后一次谈话依然使我心情保持兴奋，信念也没有片刻衰退。我遵照自定的诺言每星期给她写一封很长的信，其他日子，我避开同学，只跟阿贝尔来往，带着对阿丽莎的相思生活，在我爱读的书上标满供她阅读的记号，务使我感兴趣的段落也让她感到兴趣。她的信仍令我不安；虽然她回信很按时，我感到她在信中时时关心我的近况，鼓励我学习更多于思想上亲近；我甚至觉得，赞美、讨论、批评，对我只是一种敞开自己思想的方法，而她恰恰相反利用这一切来向我掩饰她的思想。偶尔我还怀疑她是不是拿这事儿当作游戏……也罢！我决心对于什么也不抱怨，不在信中流露出不安。

　　十二月底，阿贝尔和我动身前往勒阿弗尔。
　　我住到普朗蒂埃姨妈家。我到达时她不在。但是我刚在我住的房间里安顿完毕，一名仆人来跟我说她在客厅里等我。
　　她对我的健康、居住和学习询问一结束，就立即毫不在意地打听起她挂心的这件事：
　　"我的孩子，你还没有跟我说你在封格斯马尔过得满不满意？你的事情有点儿进展了吗？"

姨妈这人心慈口拙，这点必须不要在意。这些感情上的事，即使用最纯洁、最温柔的语言来表达我还觉得冒犯，如今听到她那么随随便便提到，对我实在是很难接受的，但是她的语调自然热情，为此生气未免愚蠢。不过我开始说话还是有点儿顶撞：

　　"您不是在春天跟我说过，您认为我们订婚还是嫌早了一点吗？"

　　"是，我知道；起初是这么说的，"她说，抓住我的一只手，放在手里热情地搓捏，"后来，想到你学习，你服兵役，要耽误你们好几年内不能结婚，这个我知道。再说我个人不太赞成订婚期太长；这会叫姑娘们等厌烦的……不过有时也是很动人的……此外，也不一定要举行正式的订婚礼……这只是让人明白……哦，含蓄地——不需要再为她们找亲家了……还有这样你们可以通信，保持关系；最后，如果另外有人家主动来说亲——这种事也是会发生的，"她带着有分寸的微笑婉转地说，"这可以让人得体地回答……不，不用操心了。你知道已经有人来向朱丽叶求过婚了！去年冬天她很引人注目。她还太小了一点，她回答时也是这么说的；但是那个青年说可以等；——确切说这已不是一个青年了……总之，这是一门好亲事，这个人非常实在；好在你明天就可以看到他，他来给我装圣诞树。你再给我谈谈你的印象。"

　　"姨妈，我怕他会白忙一阵，朱丽叶心里已经有了别人。"我好不容易才没有说出阿贝尔的名字。

"嗯？"姨妈带着疑问说，头侧向一边，噘嘴表示不信，"你叫我吃惊！她怎么会一点不跟我谈呢？"

我抿嘴不便多说。

"好吧！我们瞧着吧……朱丽叶最近一段时间不太舒服，"她又说，"反正现在还轮不上她……哈！阿丽莎也挺可爱的……最后说一句，是还是不，你向她表态了吗？"

"表态"这两个字，我尽管觉得粗俗不雅，听了满心不乐意，但是面对这个问题，也不善于撒谎，我惶惑地回答：

"是的。"——我感到自己满脸通红。

"她怎么说？"

我低下头，我真愿意不回答，然而更加惶惑，也像不由自主地说：

"她不肯订婚。"

"是啊，这个姑娘有道理！"姨妈大声说，"你们有的是时间，不是么……"

"哦！姨妈，这事不谈了吧。"我说，徒然想制止她。

"再说，她这样做我不奇怪；我觉得你这个表姐她一直比你有头脑……"

我现在不知道当时我怎么啦，无疑被问得神经紧张，一下子觉得心都碎了；像个孩子似的，把额头放在姨妈的膝盖上扭来扭去呜呜哭了起来。

"姨妈，不，您不会懂的，"我大声说，"她没有要我等……"

"怎么！她把你回绝了！"她说话口气温柔怜悯，用手抬起我的额头。

"也没有……不，还不完全是。"

我悲哀地摇摇头。

"你怕她不再爱你啦？"

"哦！不，我怕的不是这个。"

"我可怜的孩子，你要我理解你，你必须把话说得更加明白一点。"

我听任自己软弱无能，感到羞愧和懊恼；叫我捉摸不透的理由，姨妈肯定也不可能窥破的；不过，要是阿丽莎的拒绝后面真有什么确切的动机，让姨妈去慢慢问她，可能有助于我去发现。她不久自己提出这个问题，又说：

"听着，阿丽莎明天早晨要跟我布置圣诞树；我很快就会知道怎么一回事，中饭时我把情况告诉你，你明白，我可以肯定，没有什么值得你担惊受怕的。"

我去布科兰家吃饭。朱丽叶近几天来确实不舒服，我看到她变了；她的目光有了一种近乎严厉的表情，这使她跟姐姐的差别更加明显了。那天晚上，我跟她们两人中哪一个都没法单独交谈；我倒也没有希望这样，因为舅舅显得疲劳，我饭后不久也就告辞了。

普朗蒂埃姨妈准备的圣诞树，每年会招来一大群孩子、亲戚和朋友。圣诞树摆在楼梯口的门厅里，对着小客厅、客厅和暖房的玻璃门，暖房里放了一张餐桌。圣诞树还没有布置完毕，节日的早晨，也就是我到的第二天，阿丽莎就像姨妈跟我说的很早就来了，帮她在树枝上挂装饰品、灯泡、水果、糖果和玩具。我若能在她身边做这些事会十分快乐，但是我要让姨妈跟她说话。我没有见到她就外出了，整个上午努力排遣内心的焦虑。

我先上布科兰家去，希望见到朱丽叶，听说阿贝尔已经先我到了她的身边，害怕把一次具有决定意义的谈话打断，立即抽身退出，然后到码头上、马路上闲逛，直到午饭时刻。

"大傻瓜！"我一进门姨妈就嚷了起来，"有这样糟蹋自己一生的吗？你那天早晨跟我说的话没有一句是有道理的……哦！我没有转弯抹角：我把阿斯布尔顿小姐支开，她帮我们也做得累了，当我跟阿丽莎单独一起时，我就开口问夏天她为什么不订婚。你或许以为她不好意思回答了吧？——她丝毫没有为难，不慌不忙地回答说：她不愿意在妹妹以前结婚。你要是坦率地问她，她就会像回答我那样回答你。这里面也有什么要折腾的吗？你看，我的孩子，什么事都要讲个开诚布公……可怜的阿丽莎，她还对我提起她的父亲，她不能离开他……哦！我们谈了很多。这个小姑娘非常理智；她也对我说了她还不敢肯定是不是对你合适；她怕自己年纪太大了，希望你有个像朱丽叶那样年纪的人……"

姨妈还在往下说，但是我已听不进去了；只有一件事跟我有关：阿丽莎不愿在妹妹以前结婚。——那么阿贝尔不就是在这里吗？这个爱说大话的家伙，还真有道理：他一下子像他说的成全了两门亲事……

这几句话透露的事很简单，却使我激动不已，我尽量在姨妈面前掩饰得好好的，只表现一种在她看来很自然的喜悦，这使她很高兴，尤其她觉得这是她带给我的，可是刚吃了中饭，我编了个什么借口离开她，跑去找阿贝尔。

"嘿！我不是对你说过么！"待我把喜悦之情告诉他以后，他就拥抱我大叫，"亲爱的，我已经可以向你宣布，今天早晨我跟朱丽叶的谈话可以说是决定性的，虽然我们谈的几乎都是你。但是她显得疲劳、紧张……我怕走得太远会使她激动，留得太久又会使她兴奋。听你这一说，大功告成了！亲爱的，我拿了手杖帽子就走。你陪我到布科兰家门口，我在路上飞了起来你可以拽住我，我飘飘欲仙了……当朱丽叶知道姐姐是因为她才拒绝同意你的求婚，接着又是我向她求婚……啊！我的朋友，我已经看到我的父亲今晚在圣诞树前，流着幸福的眼泪赞美天主，伸出祝福的手放到四个跪着的订婚者头上。阿斯布尔顿小姐在一声叹息中消失无踪，普朗蒂埃姨妈对着自己的紧身上衣化成一摊泪水，火一般的圣诞树歌颂上帝的荣耀，像《圣经》中的群山鼓掌。"

只是到了傍晚时刻，要给圣诞树点灯了，孩子、亲戚、朋友才会走来围在四周。我在离开阿贝尔以后闲着，焦虑着急，为了消磨等待的时光，我进行长跑，跑到了圣阿德雷斯山崖，迷失了方向，找路回到普朗蒂埃姨妈家时，庆祝已经开始有一会儿了。

我一进门厅就看见阿丽莎;她好像在等我,立刻向我走过来。她在脖子上,浅色紧身衣的开胸处,挂了一只老式的紫水晶小十字架,这是我给她作为纪念我母亲的礼品,但是我还没有见到她带过。她的面容憔悴,有一种痛苦的表情叫我看了难受。

"你怎么来得那么晚?"她压着声音快速对我说,"我有话要对你说。"

"我在山崖上迷了路……你是不舒服吧……哦!阿丽莎,有什么事啦?"

她在我面前半晌说不出话,嘴唇抖动;我急得透不过气,不敢问她;她把手按在我的脖子上,好像要把我的面孔拉过去。我以为她有话要说,但是恰在这个时候进来了几名客人;她的手颓然放下……

"没有时间了。"她喃喃地说。然后看到我热泪盈眶,对我目光里的问号做以下的回答,仿佛这个可笑的解释足以让我平静下来似的:

"不……你放心吧:我只是头痛,这些孩子闹得厉害……我只好躲到这里来了……现在我必须回到他们身边去。"

她突然离开了我。有人进来把我与她分开。我想到客厅里去找她;我看见她在客厅的另一头,四周一群孩子,她正组织他们游戏。在她与我之间隔着不少我的熟人,我要贸然走过他们身边必定会被叫住;我实在无心客套,谈话;或许挨着墙溜过去……我试一下。

正当走过暖房的大玻璃门，我感到有人抓住我的胳臂。那是朱丽叶，半个身子藏在由帘布遮着的门洞里。

"到暖房里去，"她急忙说，"我必须跟你说。你从这边走，我立刻过来找你。"然后她把门打开一条缝，隔了一会溜到暖房里。

发生了什么？我愿意见到阿贝尔。他说了些什么？他做了些什么？我朝门厅走去，到了暖房，朱丽叶在里面等我。

她脸上升火，眉毛紧皱，使她的目光有一种严厉和痛苦的表情；她的眼睛闪亮，仿佛在发烧；就是她的声音也显得生硬急促。她好似余怒未消。我尽管心里不安，但看了她的美貌还是吃惊不已，差不多手足无措了。我们只有两人在一起。

"阿丽莎跟你说了吗？"她立即问我。

"刚说上两句，我回来很迟了。"

"她要我在她前面结婚，你知道吗？"

"知道。"

她牢牢盯着我看……

"她要我嫁给谁，你知道吗？"

我待着没有回答。

"嫁给你。"她一声尖叫。

"这不是疯了吗！"

"不是吗！"在她的声音中既有失望也有胜利。她直一直身子，甚至可以说挺起胸膛……

"现在我知道我接着该做什么了。"她含糊地加了一句，打开花园的门，随后砰地把门关上。

我头脑中、心中一切都晃荡了。我感到太阳穴突突跳。我慌张中只有一个想法：去找阿贝尔；他或许能够向我解释这两姐妹的怪话……但是我不敢回到客厅里，我想每个人都会看出我心烦意乱。我走到屋外。花园里的冷空气叫我安静下来。我在那里待了一会儿。天色暗了下来。海雾笼罩全城；树木没有叶子，天与地显得一片凄凉……歌声响了起来；肯定是孩子们围着圣诞树在合唱。我从门厅进去。客厅和小客厅的门开着，客厅现在是空的，我看到姨妈遮在钢琴后面，正在跟朱丽叶说话。小客厅里，客人都挤在彩树四周。孩子们已经把他们的歌唱完；大家肃静无声，伏蒂埃牧师在树前开始布道，他从不放过机会进行他所谓的"撒播好种子"。灯光和热气使我感到不舒服，我要再往外走；我看见阿贝尔靠在门前，他显然在那里已有些时间了。他敌视地瞧着我，当我们的目光相遇时他耸耸肩。我向他走去。

"笨蛋！"他压低声音说；然后突然又说："啊！好！咱们出去吧；好话我也听腻了！"待我们一到外面，"笨蛋！"他又这样说，我焦急地瞧着他不说话，"她爱的是你，笨蛋！你不能跟我早说吗？"

我惊呆了。我就是不能明白。

"你不明白，是吧！你一个人就是不能发觉吗！"

他抓住了我的手臂，愤怒地摇动。他的声音从咬紧的牙缝里迸出来，成为尖细的颤音。

"阿贝尔，我求你啦！"我静默一刻后，当他挟着我大踏步乱走时，声音发颤地对他说。

"别发这么大的火啦，还不如把事情经过给我说说吧。我可一点儿也不知道。"

在一盏路灯下，他突然让我停下，借着灯光对我细看；然后猛地把我往他身上拉，头放到我的肩上，呜咽声中喃喃地说：

"对不起！我也是个傻瓜，没有比你看得更清楚，我可怜的兄弟。"

他的眼泪仿佛使我平静了一点；他抬起头，又开始走路，又说：

"事情经过……现在再回头谈有什么用？今天早晨我跟朱丽叶谈了，我对你说过。她美丽和活泼得出奇；我以为这是为了我，虽然我们只是谈到了你。"

"那时你不是也没有能够察觉吗？"

"没有；不是很确切。但是现在最细微的暗示也都清楚了……"

"你肯定没有弄错吗？"

"弄错！亲爱的，只有瞎子才没有看出她爱你。"

"那么阿丽莎……"

"那么阿丽莎只好自我牺牲了。她偶然发现了妹妹的秘密，决定给她让出位子。好了吧，老弟！这并不难懂，可是……我找过朱丽叶要再谈一谈；我刚开口对她说了最初几个字，也可以说她一明白我要说的意思，就从我们一起坐着的长沙发上站起来，重复了好几遍：'我那时就肯定了'，语气却像个一点都不肯定的人说的……"

"啊！别开玩笑了吧！"

"为什么？我觉得挺滑稽，这件事……她直奔姐姐的房间。我听到响亮急促的说话声惊慌起来。我希望再见到朱丽叶，但是隔了一会儿出来的是阿丽莎。她戴着帽子见到我有点尴尬，边走边向我匆匆打招呼……事情就是这样。"

"你没有再见到朱丽叶？"

阿贝尔犹豫了一下：

"见到的。阿丽莎走了以后，我推开房门。朱丽叶在里面一动不动站在壁炉前，两肘撑在大理石炉台上，手托着下巴；她死死盯着镜子里的自己看。当她听到我的脚步声时，她不回转身，却脚蹬地板，大叫：'啊！别来烦我！'恶声恶气，我一声不出转身就走。全都说啦。"

"现在呢？"

"啊！跟你说了出来，让我好受多了……现在吗？你设法用你的爱情去医治朱丽叶，因为要么我不太了解阿丽莎，要么她在这以前是不会回到你身边的。"

我们默不作声走了很久。

"回去吧！"他最后说，"客人现在都走了。我怕父亲等着我。"

我们回去了。客厅的确是空了；小客厅里，在一株礼物空空、灯光几乎熄灭的圣诞树旁边，只有姨妈和她的两个孩子，布科兰舅舅，阿斯布尔顿小姐，牧师，我的表姐妹，还有一个颇为可笑的人物，我看见过他跟姨妈谈了很久，但只是在那时候才认出这就是朱丽叶跟我说起过的求婚者。他比我们谁都更高大，更强壮，气色更红润，头快秃了，他属于另一个等级，另一个圈子，另一个种族的人，在我们中间他好像感到自己是个外乡人；他神经质地捻弄一把大胡子下面下巴上的一绺灰白尖胡子。门厅的门开着，灯光熄了，我们两人悄无声息走进去，没有人察觉我们出现。我骤然有一种可恶的预感。

"停下！"阿贝尔说，抓住我的手臂。

我们这时看到那个陌生人走近朱丽叶，拿起她的手，她不作抗拒地把手给了他，也没有转过目光向他看。我的心被黑夜包围了。

"阿贝尔，这是怎么一回事？"我嗫嚅说，仿佛我还没有理解或者希望我没有正确理解。

"那还用说！这小姑娘在自抬身价，"他声音嗞嗞地说，"她不愿意屈居于姐姐之下。天使肯定会在天上鼓掌喝彩的！"

舅舅过去拥抱夹在阿斯布尔顿小姐和姨妈中间的朱丽叶。伏蒂埃牧师也走近去……我往前走。阿丽莎窥见了我，向我奔过来，身子发颤：

"杰罗姆，这不能这样做的。她不爱他啊！就在今天早晨她还是跟我这么说的。杰罗姆，你要设法阻止她！哦！她以后会成什么啦？……"

她俯身在我肩上，绝望地恳求；只要能够减轻她的忧虑，我愿意献出生命。

突然树边一声尖叫，一阵骚乱……我们奔了过去，朱丽叶昏倒在姨妈的怀抱中。每个人都赶紧走拢来，俯身望她，我只能看到一点儿，她的头发散乱，仿佛把她的苍白可怕的面孔向后拉。从她身子颤动来看这次不是常见的昏迷。

"没事的！没事的！"姨妈为了让惊慌失措的布科兰舅舅宽心，大声说。伏蒂埃牧师食指对着天也在安慰他，"没事的！就会过去的。这是激动；一时神经紧张。泰西埃尔先生，帮我一下吧，您力气大。我们把她抬到我的房里去；放到我的床上……我的床上……"然后她俯身，在她的大儿子耳边说了句话，我看到大儿子立刻走开，肯定是叫医生去了。

姨妈和求婚者托住朱丽叶的肩膀，她半仰着身子倒在他们的臂上。阿丽莎提起妹妹的脚，轻轻搂着。阿贝尔托住她往后仰的头，我看到他弯着身子，把她散乱的头发束在一起，在上面亲个不停。

到了房门口，我停步不前。他们把朱丽叶放到床上；阿丽莎向泰西埃尔先生和阿贝尔说了几句话，我一点听不清；她陪他们走到门前，说让妹妹休息不再劳驾我们了，她会跟普朗蒂埃姨妈留下来照顾她的……

阿贝尔抓住我的手臂，把我拉到外面，我们在黑夜里走了很久，没有目的，没有勇气，没有思想。

五

我认为我的人生除了爱情以外没有其他理由，我一心扑在爱情上，不期望什么，也不愿意期望一切不是来自女友的东西。

第二天，正当我准备去看她的时候，姨妈叫住了我，递给我这封她刚收到的信：

……朱丽叶服了医生开的药水，烦躁不安的心情到了早晨才稍见好转。我恳求杰罗姆这几天不要过来。朱丽叶可能会听出他的脚步声和说话声，她必须保持最大程度的安静……

我怕朱丽叶的病情使我难以分身。要是我无法在杰罗姆动身以前接待他，亲爱的姑妈，转告他我会给他写信的……

这只是对我下的一道禁令。而姨妈、任何其他人都可以任意上布科兰家去。姨妈那天早晨就打算去那儿。我会闹出声音来的？多么不高明的借口……那又怎样！

"好吧。我就不去了。"

不能立刻见到阿丽莎，在我很不好过，可是我也怕跟她再见面；我怕她把妹妹的病情归咎于我，不看到她总比看到她发脾气容易忍受。

至少我要去看阿贝尔。

到了他的门前,一名女用交给我一张便笺。

> 为了不让你担心,我留下这张字条。待在勒阿弗尔,离朱丽叶这么近,对我已不可忍受。我昨天傍晚离开你以后差不多立即搭船去南安普敦。我到伦敦 S 家里度完我的假期。我们在学校见面。

……一切人的援助同时弃我而去。待在这里只会给我带来痛苦,我不愿延长就提前回校,又到了巴黎。我向上帝、向"一切真正安慰、一切圣宠、一切完美礼物"的施与者转过我的目光。我向神倾诉我的痛苦。我相信阿丽莎也是庇护在神那里,想到她在祈祷,也鼓励我勤奋祈祷。

这样度过了一段漫长的时光,沉思与学习,除了阿丽莎与我的通信,没有值得一提的事。一切信件我都保留着。后来我的记忆混淆不清时,以此理清思绪……

从姨妈,首先也只有从姨妈那里,我才得到勒阿弗尔的消息;我从她那里知道最初几天朱丽叶的严重病情令人担忧。我走后十二天终于收到了阿丽莎的这封短信:

> 原谅我,亲爱的杰罗姆,我没有早给你写信。可怜的朱

丽叶的病差不多占据了我的全部时间。自从你走后,我几乎没有离开她一步。我请姑妈把我们的消息告诉你,我想她这样做了。你知道吧,这三天来朱丽叶身子好了些。我对上帝感谢不已,但是还不敢高兴得太早。

还有我到现在很少提到的罗贝尔,在我以后几天回到了巴黎,能够给我带来两姐妹的一些消息。看在她们的分上,我照顾着他,其实按照我的天性,我是不善于做这类事的;他进了农业学校,每次校中无事有了空闲,就由我去照料他,设法让他散散心。

从他那里我知道了我一直不敢向阿丽莎和姨妈提问的事:爱德华·泰西埃尔来得很勤,打听朱丽叶的消息,但是罗贝尔离开勒阿弗尔时,她没有再见过他。我还知道朱丽叶自从我走后在姐姐面前固执地默不作声,什么都不能逗她说话。

过后不久,又通过姨妈我知道朱丽叶订婚了,我预感到阿丽莎希望看到立刻解约,而朱丽叶本人则要求尽可能早日完成正式的手续。她铁了心,忠告、命令、恳求都无济于事,也使她自己愁眉不展,视而不见,死不开口……

时间在过去。我从阿丽莎那里只收到令人失望的短束,然而我也不知道跟她写什么好。冬季的浓雾笼罩四周;唉!夜读的灯光,爱情与信仰的热忱,也难以把黑暗与寒冷从我心头驱走。时间在过去。

然后,突然春天的一个早晨,姨妈给我转来了她不在勒阿弗尔时阿丽莎写给她的一封信，我从中抄录下可以把这件事交待清楚的段落：

欣赏我的温良吧；遵照你的吩咐，我接待了泰西埃尔先生；我跟他谈了很久。我看出他言谈举止十分得当，我承认我差不多可以相信这门亲事不像最初担心的那么不幸。当然朱丽叶不爱他，但是随着一周一周过去，在我看来他会愈来愈值得爱的。他谈到目前的处境很有远见，对妹妹的性格也没有误解；但是充分信任他的爱情是会有效的，还自诩他的恒心没有克服不了的东西。你可以看出他爱得很深。

看到杰罗姆这样照顾弟弟，我确实深受感动。我想他这样做只是出于义务，因为罗贝尔的性格跟他的性格很少相似之处——可能也为了使我高兴。但是他肯定已经可以看出，一个人担负的义务愈多，他的灵魂愈会得到培育和升华。这是很崇高的想法！不要过分笑话你的大侄女，因为这些思想支持着我，帮助我把朱丽叶的婚事当作一件好事来看。

亲爱的姑妈，你的热情关怀对我是多么甜蜜！……但是不要相信我是个不幸的人；我还可以这样说：恰恰相反——因为使朱丽叶受到震动的考验也在我的心中得到反响。《圣经》上这句话："信人的人必有祸"，我重复多次而一知半解，这次突然叫我恍然大悟。在我的那部《圣经》中见到这句话以前，我在杰罗姆送给我的一张圣诞卡上也看到过这句话，那

时他还没有十二岁,而我刚过十四岁。在这张图片上,在一个我们当时看来很美丽的花束旁边,有高乃依①的这几句诗:

> 是什么魔力战胜了世俗,
> 今日引导我升向天主?
> 若求助于人,
> 必将祸及自身!

说实在的,耶利米②的简单诗句大大符合我的心意。显然,杰罗姆当时选择这张卡时没有注意到那句诗。但是我若根据他的来信来看,他今天的脾气性格跟我很相像,我每天感激上帝,同时使我们两人日益跟上帝接近。

我记得我们那次谈话,我为了不打扰他的学习,也不像从前那样给他写长信。你一定会发现我谈到他时心里会得到补偿;我生怕继续写个没完,赶快在此搁笔;这次不要太多责备我。

这封信引起我多少想法!我咒骂姨妈多管闲事(阿丽莎提到使她保持沉默的这次谈话又是怎么回事),还有促使她把这封信转给我的这份吃力不讨好的关心。我对阿丽莎的沉默既然已经难以忍受,那就千万不应该让我知道,她不再跟我说的话写

---

① 高乃依(1606—1684),法国悲剧作家。
② 耶利米,《圣经》中的人物,以色列先知。

给另一个去看！信里的话都叫我气愤，她居然把我们两人之间的大大小小秘密都轻易说给姨妈听，说话的语调还那么自然、平静、认真、快活……

"不要这样，我可怜的朋友！这封信里没有什么可以叫你气愤的，除了知道它不是写给你的而已。"阿贝尔对我说。阿贝尔，我每日的伙伴，我只有对他可以说话；我在孤独时，由于软弱，需要同情倾诉，对自己不具信心，就会不断地去找他；我在为难时，相信尽管我们天性不同或者正由于天性不同，我重视他的忠告，也会经常去找他……

"咱们把信研究一下吧。"他说，把信摊放在他的写字桌上。

我垂头丧气过了三夜，还要对着自己干四天吗！我几乎很自然地要听听我的朋友会对我说些什么：

"朱丽叶和泰西埃尔一对，由他们留在爱情的烈火中吧，不是吗？我们都知道爱情火焰烧起来是怎么样的。说实在的，在我看来，泰西埃尔充当了扑火自焚的夜蛾……"

"这个不谈了，"我对他说，他的玩笑叫我喘不过气，"看其余部分吧。"

"其余部分？"他说，"其余部分不都是说你的吗？你还抱怨什么！没有一行，没有一句话不是对你的相思。完全可以说这封信通篇是写给你的；费利西姨妈把信转给你，完全是物归原主；阿丽莎失去了你，才万不得已把信写给了这位可敬的女人；要不，高乃依的诗句对你的姨妈又算是怎么一回事！——

插上一句,这诗其实是拉辛①的;我跟你说她这一切都是对你说的。要是你的表姐两星期内不给你同样高高兴兴、快快活活写上一封长信的话,你就是笨蛋一个……"

"她不大会这样做吧!"

"她做不做全在你啦!你要听一听我的意见吗?——从现在起,长时间内你要一字不提你们的爱情、你们的婚姻;自从出了妹妹那件事,她要的就是这个,你没看到吗?你要在手足之情上用功夫,一刻不停跟她谈罗贝尔……既然你也有耐心去照顾这个傻小子。只要继续让她耍弄小聪明,其他一切都会随之而来的。啊!我真巴不得给她写呢……"

"你是不配爱她的。"

我还是听从了阿贝尔的劝说;果然不久阿丽莎的信又来得勤了起来;但是在情况安定以前,暂且不说朱丽叶的幸福,我不能期望她会真正快乐和毫无保留地谈心。

阿丽莎提到妹妹的情况还是有所好转。她的婚礼将在七月份举行。阿丽莎写信对我说,她估计那一天阿贝尔和我都会因学习而不能分身……我明白她认为我们不去参加婚礼更好,我们也就以考试为借口,只寄去了我们的祝贺。

婚礼后大约两周,阿丽莎给我写了这封信:

---

① 拉辛(1639—1699),法国悲剧作家。

我亲爱的杰罗姆：

　　昨天偶然翻阅你送我的那本漂亮的拉辛作品，发现了你在那幅老的圣诞小图片上的四句诗，你可以想象我的惊愕之情，那张图片我夹在《圣经》里快有十年了。

　　　　是什么魔力战胜了世俗，
　　　　今日引导我升向天主？
　　　　人若求助于人，
　　　　必将祸及自身！

　　我原来以为是摘自高乃依的诗句，我承认我以前觉得这几句诗很美。但是我继续阅读《圣歌》第四首，看到有的段落写得那么美，不禁抄录了下来。以我从你冒失写在白边的缩写来判断，你肯定已经读过（我确实有这样的习惯，在自己和阿丽莎的书里写上她的姓氏的第一个字母，标志我喜欢和我要她阅读的章节）。没关系！这是我喜欢才转写的。看到你献给我的都是我自以为已经知道的诗句，起初有点儿不乐意，然后又想到你对这些诗句也像我一样爱好，也就转嗔为喜了。我在抄录时仿佛跟你一起在阅读。

　　　　不朽的智慧如雷声
　　　　谆谆教育世人；
　　　　"人间的凡夫俗子

辛辛苦苦得到什么果实?

贪名求利的灵魂,为什么流尽纯洁的血

错误地不去换取

充饥的面包,

而换取一团叫人

更饥更渴的幻影?

我推荐的面饼,

是天使的粮食,

由上帝亲自

用小麦的精华配制。

这种可口的美食

决不会端上

凡夫俗子的餐桌,

跟随我的人会得到赐赏,

过来吧。你们愿意永生吗?

收下,吃吧,获得永生了。"

……

皈依的灵魂有福了,

在神的管束下得到安宁,

饮用的是活水源泉,

万世不会枯竭。

人人都是宾客,

> 享受主泽流长；
>
> 我们却疯狂地
>
> 追求污泥浊水，
>
> 寻找迷人眼目、
>
> 不停泄漏的破罐子。

这多美啊！杰罗姆，这多美啊！你是不是真的跟我一样觉得这很美？我的书上有一条小注解，说德·曼特侬夫人①听到多玛尔小姐唱这首歌，大加赞赏，"还落下眼泪"，要求她再重唱一段。我现在已经熟记在心，毫不厌烦地背诵。写到这里我唯一的忧伤是没有听过你朗诵。

我们的旅行者继续传来了好消息。你已经知道朱丽叶尽管天气酷热，在巴荣纳和比亚里茨很开心。他们后来又游历了富恩塔拉比亚，在布尔戈斯逗留，两次登越比利牛斯山……她现在从蒙塞拉特写来一封热情洋溢的信。他们打算在巴塞罗那再待上十天，然后再去尼姆，爱德华在九月以前必须回去，准备收葡萄工作。

父亲和我在封格斯马尔已有一个星期了，阿斯布尔顿小姐明天会到我们这里，罗贝尔则要四天后才来。你知道这个可怜的青年考试不及格，不是考题难，而是主考人向他提出

---

① 弗朗索瓦兹·德·曼特侬（1635—1719），法国贵妇，1684 年与法国国王路易十四秘密结婚。

了一些奇奇怪怪的问题，他吃了慌；你在信中跟我说起他勤奋好学，我没法相信罗贝尔没有充分准备，但是这名主考人好像很喜欢刁难学生。

至于你成绩优良，亲爱的朋友，我觉得这是理所当然的，我也就不用再说祝贺之类的话了。杰罗姆，我对你多么有信心！当我想到你时，我的心中充满希望。你从前跟我谈到的工作，你现在就可以开始做了吧……

……花园里没有一点变化，但是房子好像显得空空荡荡！今年我为什么要求你不要过来，道理你是明白的，不是么；我觉得还是这样的好；我每天对自己这样说，因为那么久不看见你，我也付出了很多代价……有时，我不由自主地在找你；我在阅读中间停了下来，突然转过头去……我觉得你就在这里！

我又回头写我的信。天黑了，每个人都睡了；我在敞开的窗前写个不停，花园芬芳袭人，空气温和。你记得吗，我们还是孩子的时候，我们看见或者听到任何很美的东西，我们就在想：这一切要感谢上帝的创造……今夜我整个心灵都在想：感谢上帝创造了这么美丽的今夜！突然我祝愿你在这里，感觉你在这里，在我身边，那么强烈，可能你也感觉到了。

是的，你在信里也说过这样的话："在好人的心灵里"，崇敬之情与感激之情混淆不清……我还有多少事情愿意跟你说呀！——我想到了朱丽叶跟我谈到的这个阳光灿烂的国家。我想到了其他更广阔、更明亮、更荒凉的国家，我心中存在一种奇异的信念，有朝一日，我不知道如何，我们会一起看到一个我也说不清楚的神秘大国家……

你们不难想象我读这封信时如何因喜而振奋，又如何因爱而落泪。其他的信也接连而来。当然是阿丽莎感谢我没有到封格斯马尔去，当然是阿丽莎恳求我今年不要再去找她，但是她遗憾我不在身边，她现在祝愿我去，每一页纸上都响起同样的召唤。我哪儿还有力量抵挡呢？无疑是听了阿贝尔的劝告，害怕欢乐一下子遭到破坏，对内心的冲动有一种天然的克制。

在接连而来的信件中，我抄录一切可以说明这个故事的部分：

亲爱的杰罗姆：

读你的信时我欢欣雀跃。我正要答复你从奥尔维耶托的来信，这时又收到了你从佩鲁贾和阿西西来的信。我的思想也到处漫游，只有我的身体还装得像在这里的样子；实际上，我跟你一起走在翁伯里地区的白色公路上；我跟你在早晨动身，用新的眼光观看日出……你真的在科托纳的平台上呼唤我吗？我听到你的……在阿西西北部山上我们渴得厉害！方济各修士的那杯清水是多么甜啊！哦，我的朋友！我通过你观看事物。我多么喜欢你说到圣方济各的话！是的，不错，要寻找的不是思想的解放,而是思想的奋发。思想的解放必然伴随着可憎的骄傲。一个人的雄心壮志,不要用以反抗,而要用以侍奉……

尼姆传来的大好消息,使我觉得上帝允许我享受欢乐。今年夏天的唯一阴影,就是可怜的父亲的健康情况。

尽管我细心照料,他终日愁眉不展,或者可以说我一离开他,他又闷闷不乐起来,愈来愈难使他摆脱孤独忧郁。大自然在他四周欣欣向荣,他却视而不见;他甚至不愿去看一看。——阿斯布尔顿小姐身体很好。我向他们两人提到你的来信;每封信我们都可以谈上三天;那时又来了一封新的。

……罗贝尔前天离开我们了,他到他的朋友R家里去过完假期,朋友的父亲经营着一个模范农庄。当然我们在这里过的生活对他来说不很热闹。当他说到要走时,我只能支持他的计划……

……我有那么多的话要跟你说;我渴望跟你说不完的话!有时我找不到明确的字眼,明确的想法——今晚我如在梦中跟你写信——只是有种紧迫的感觉,有无穷的财富要给予,要收下。

我们怎么会有那么多个月不声不响的?我们肯定都在冬眠吧。哦,这个沉默的冬天多么可恶,让它一去不复返吧!自从有了你以后,生活、思想、我们的灵魂,一切在我看来都是美的、可亲的,无比的丰富。

九月十二日

我收到了你从比萨的来信。我们这里的天气也风和日丽；我还从未见过这么美丽的诺曼底。前天我独自走了一大圈，信步穿过田野；我回来不累，倒反而兴奋，在阳光与欢乐中陶醉了。艳阳下的草垛真是美！我不需要置身意大利就可见到这一切美景。

是的，我的朋友，正如你说的，在大自然的"百音和鸣"中我要倾听和理解奔放与欢乐。我在声声鸟啼中都听到了，在阵阵花香中都呼吸到了，我徐徐明白了只有崇拜才是唯一的祈祷形式，跟着圣方济各同声说：我的上帝！我的上帝！"我唯一的"，内心充满不可表述的爱。

可是不必担心我会当上无知会修女！近来因连日下雨，我看了不少书，我像把我的崇拜放到阅读中了……读完了马尔布朗什，立刻又拿起了莱布尼茨《致克拉克的信》。然后为了让脑子休息，读了雪莱《沉西家族》——不感兴趣；也读了《含羞草》……我可能会叫你光火；我认为雪莱的全部作品，拜伦的全部作品，都比不上我们去年夏天一起阅读的济慈的四首颂歌，同样我觉得雨果的全部作品也不如波德莱尔的几首十四行诗。"大诗人"这样的称呼没什么意思，重要的是做"纯然的"诗人……我的弟弟呵！感谢你帮助我认识、理解和热爱这一切。

……不，不要为了重聚几天的快乐而缩短你的旅行。说真的，我们还是不要见面的好。相信我：当你在我身边，我就不会那么想你。我不愿意使你难受，但是我下决心不期望——现在——你来。我要不要向你承认这件事呢？我要是知道你今晚来……我就躲开。

哦！别要求我向你解释这种……感情，我求你啦。我只知道我无时无刻不在想你（这足以使你幸福了吧），我是这样幸福。

……

在这最后一封信后不久，也是从意大利一回来后，我就应征入伍，被派到了南希。我在那里举目无亲，但是很高兴一个人独处，因为这样可以向我这个自豪的情人和阿丽莎，更清楚显示她的信是我唯一的庇护所，而对她的相思就像龙沙①说的"我唯一的隐德来希"。

说实在的，强制我们接受的纪律颇为严厉，我并不以为苦。我磨炼自己应付一切，在写给阿丽莎的信中只对她不在身边一事才诉起苦来。我们甚至把长期分离当作我们勇气的考验。——"你从不诉苦，"阿丽莎写给我说，"你在我的想象中从不灰心丧气……"为了证实她的话，我还有什么不能忍受呢？

自从最后一次见面后，差不多一年过去了。她仿佛毫不察觉，只是认为现在才开始等待。我以这事责怪她，她这样

---

① 龙沙（1524—1585），法国诗人。"隐德来希"（entéléhie），古希腊哲学家亚里士多德的用语，意即"完美"。

回答：

  我不是和你一起在意大利吗？负心的人！我没有一天离开过你。你要明白从现在开始有一段时间我不能陪伴你了，只有这才是我说的分离。说真的，我也在努力想象你在军营中的生活……我想象不出来。我最多想象出你晚上在甘必大街的那个小房间里写东西或读书……这也不一定，不是吗？事实上，我在一年后才会在封格斯马尔或勒阿弗尔再见到你了。

  一年！我不去计算已经过去的日子；我的希望凝结在未来这个慢慢、慢慢移近的一点上。你想一想花园深处的那道矮墙，我们把菊花藏在墙脚下，我们冒险爬上墙头；朱丽叶和你走在上面，像要一步登上天堂的穆斯林那样奋不顾身；——而我走了几步头就发晕，你在下面对我叫："不要看你的脚……看你的前面！往前走！盯住目标！"然后，终于——这比你鼓励的话更有用——你爬到了墙壁的另一头等着我。于是我不再发抖。我不再感到头晕；我盯着看的只是你，我奔过去扑向你张开的双臂……

  杰罗姆，失去对你的信任我会成为什么呢？我需要感到你坚强；需要依靠你。不要软弱。

  随心所欲地延长我们的等待，仿佛这是一种挑战，同时也是害怕重逢不是那么称心如意，我们约定新年来临，我到巴黎阿斯布尔顿小姐那里去度过仅有不多的几天假期。

我跟你们说过，我不抄录所有的信。下面是我在二月中旬收到的信：

> 真令人激动啊，前天经过巴黎路时，看到 M 书店橱窗里，赫然陈列着你向我提过的阿贝尔的书，但是我怎么也不相信现实真是这样的。我抑制不了自己，走了进去；但是书名那么怪里怪气，我犹豫不决，没敢向职员取书；我甚至想到买一部其他随便什么书再走出书店。幸而柜台旁边也放了一小堆《轻佻》这部书，由顾客自取——我抓了一部，扔下一百苏，不用说上一句话。
>
> 我感谢阿贝尔没有送我一部！我翻阅后没法不觉得难为情，叫我难为情的不是书本身，总的说来我看书里蠢话多于不堪入耳的话，而想到的是阿贝尔，阿贝尔·伏蒂埃，你的朋友写了这么一部书。我逐页寻找，也没有找到《时代》杂志评论家所说的"伟大天才"。我听说在勒阿弗尔经常提到阿贝尔的小圈子里，这部书取得很大成功。我听到用"轻浮"与"优美"来评价他这人不可救药的无聊；我的态度自然谨慎保留，只是对你谈到我读了什么。那位可怜的伏蒂埃牧师，我看到他起初当然觉得失望，最终疑惑是不是更有理由为此感到自豪；他周围每个人都怂恿他相信是这么一回事。昨天在普朗蒂埃姨妈家，V 太太冷不防地对他说："牧师先生，您

的儿子大红大紫,您一定高兴得很吧!"他有点惶惑地回答:"我的上帝,我还没有到那个程度呢……""那您就高兴吧!那您就高兴吧!"姑妈说,毫无恶意,语气也充满鼓励,使得每个人都笑了起来,牧师也不例外。

《新阿贝拉尔》上演后更不知会怎么样了!我听说他准备在环城路上不知哪家剧院上演,报刊好像也都议论开了……可怜的阿贝尔!这真是他期望和满意的那种成功么!

昨天我读到《永恒的安慰》中这几句话:"谁真正祈望真的和恒久的荣耀,就不在乎世俗的荣耀;谁不在内心鄙视世俗的荣耀,就不是真正热爱天堂的荣耀。"我想:感谢我的上帝,选择了杰罗姆作为天堂的荣耀,相比之下另一种荣耀只是草芥。

在单调的工作中度过了一周又一周,一月又一月,但是由于我的思想只是寄托在回忆或希望上,也就察觉不到时光过得很慢,每个小时过得很长。

舅舅和阿丽莎六月份要到尼姆附近去探望朱丽叶,那时她的孩子要出世了。但是传来一些不太好的消息,促使他们提前动身了。阿丽莎写信给我说:

> 我们刚离开不久,你寄往勒阿弗尔的最后一封信就到了。不知什么原因只是一周以后才转到我这里。我整个星期魂不守舍,麻木彷徨。我的兄弟啊!我只有和你一起才恢复自我,

超越自我……

　　朱丽叶身体又好了。我们天天等待她分娩，并不担心。她知道我今天上午写信给你。我们到达埃格维弗的第二天，她问我："杰罗姆他怎么样？……他一直给你写信吗？……"我没法对她撒谎，"当你给他写信时，告诉他……"她犹豫了一会儿，然后非常温柔地一笑："我病好了。"我以前有点担心她在信里一直高高兴兴，别是跟我在玩幸福的游戏，她不让人家看穿……她今天看作幸福的东西跟她从前梦想的东西，她的幸福依托的东西是多么不同！啊！但愿大家称之为幸福的东西只与心灵相连，不必过分重视构成幸福的外界因素！我独自在小丛林中散步时浮想联翩，在此我不向你赘述了，最令人吃惊的想到这些竟也是兴奋不起来；朱丽叶的幸福按理说应使我心满意足……我的心怎么会陷入一种莫名的忧郁，怎么也摆脱不开？此地的美丽风光，我感觉在心里，至少看见在眼里，反而增添了我难言的悲哀……当你从意大利给我来信，我懂得通过你观察一切事物；现在一切我不是通过你看到的东西，都像是偷了你的。最后，在封格斯马尔和勒阿弗尔我磨炼出了一种对付下雨天的本领；到了这里这种本领无须施展，感到它毫无用处倒使我犯起愁来。当地人的欢笑令我窒息；可能我所谓的"悲哀"只是不像他们喧闹而已……显然，从前我的欢乐中总含有某种自豪，而现在，我处在异乡人的快活中间感到一种类似屈辱的感情。

　　到了这里之后祈祷也很勉强；我有一种孩子气的感觉：

上帝不再在同一个地方了。再见啦，我要快快离开你；说出这样不敬神的话，承认自己的软弱和悲哀，还把这一切向你写出来，这叫我感到难为情，如果今晚邮差不来取走，明天我就会把它撕掉……

下一封信只提到她的外甥女的出生，她将当她的教母。还有朱丽叶的快乐、舅舅的快乐……但是只字不提她自己的感情。

然后又是从封格斯马尔的来信，朱丽叶在七月去看了她……

爱德华和朱丽叶今天早晨离开我们了。我舍不得的还是我的小教女；我六个月后再见她时，会再也认不出她所有的动作姿态了；以前她的每一个动作姿态都是我看着她做的。"人的形成"总是那么神秘和奇怪！我们相互不常感到惊讶，是因为没有予以注意。我俯身在这个满载希望的小摇篮前，度过了多少时光。人的成长那么快就中止了，都在离上帝很远的地方骤然停步不前，这是出于什么样的自私、自满和不思上进？哦！要是我们能够、我们愿意更走近上帝……那会是多么美妙的竞争啊！

朱丽叶看来很幸福。我起初看到她放弃了钢琴和阅读有点伤心；但是爱德华·泰西埃尔不喜欢音乐，对书籍没有多大兴趣；显然他不能与她共享的乐趣，她也就明智地不去追求了。相反，她对丈夫的工作产生了兴趣，他让她了解他做的一切买卖。这一年生意大有发展。他打趣说这是靠了这桩婚事，让他在勒阿弗尔得到大量顾客。他最近一次出差是罗贝尔陪着去的；爱德华对他关怀备至，还自称了解罗贝尔的性格，坚决相信他对这类工作会认认真真关心的。

父亲身体好多了；看到女儿幸福使他年轻了；他重新关心农庄、花园，刚才要我高声朗读我们跟阿斯布尔顿小姐一起开始、后来因泰西埃尔一家来住而中断的那部书，关于德·于勒尼尔男爵①的游记，我向他们也这样朗读；我自己也感到乐在其中。现在我有更多的时间坐定读书了；但是我等待你的指点；今天早晨，我从一部书翻到另一部书，却没有看到什么有意思的！……

从那时起阿丽莎在信里态度变得更加怪异，语气更加迫切。她在夏天将过时写信对我说：

怕你担心，因而没敢对你说我多么盼望你来。在未跟你见面以前，每天都是在沉重的压抑中度过。到那一天还要过上两个月的时间！这似乎比我远离你度过的时间还要长！为了忘掉等待，我尝试去做一切，其效果显得可笑的短暂，我无法静下心来做一桩事情。书籍失去了价值和魅力，散步失

---

① 德·于勒尼尔（1811—1892），奥地利外交家、作家。

去了吸引力,大自然失去了光彩,花园黯淡无色,闻不到香味。我羡慕你的苦活,这些不得不做的操练,虽不是你的选择,但可使你完全不去想自己,使你的筋骨劳累,让你的日子过得飞快,到了晚上,使你疲惫不堪,一下子跌入梦乡。你对演习所作的描写非常动人,萦绕我心头久久不去。最近几天我夜不成寐,多次会在起床号中惊醒过来,我确确实实听到了号声。我完全可以想象你说到的这种轻微的醉意、晨起后的轻快、似晕非晕的情态……马尔泽维尔高原在黎明的寒光中必然雄奇瑰丽!……

近来我身体不太好;哦!不是什么大病。我相信只是等待你过分心切。

六星期后:

我的朋友,这是我的最后一封信,你回家的日子尽管一时还定不下来,反正不会太远了,我也就不再给你写信了。我原来希望在封格斯马尔跟你见面,但是天气变坏了,气温很低,父亲口口声声说要回到城里去。现在朱丽叶和罗贝尔都不跟我们一起住了,我们给你留宿原很方便,但是你还是住到费利西姑妈家好,她也会很乐意接待你的。

随着见面的日子愈来愈近,我们的等待也更迫切,几乎有点畏惧;朝夕盼望你来,现在好像又害怕你来,我努力不去想;我想象你的按铃声,你上楼的脚步声,我的心停止跳动或者感到痛……尤其不要期望我会跟你谈什么……我觉得我的过去在这里结束了；除此以外我看不到什么；我的生命停滞了……

四天后，也就是我复员前一星期，我还是收到了一非常简短的信：

我的朋友，我完全赞同你的看法，不要有意过分延长你在勒阿弗尔逗留的日子和我们重逢的时间。既然我们在信中都已经写了，还有什么要说的呢？如果你从二十八日起必须回巴黎注册的话，你就不要犹豫，不要遗憾不能让我们多待上两天。我们今后不是有一辈子吗？

六

我们初次重聚在普朗蒂埃姑妈家里。我突然觉得自己服兵役以后变得迟钝呆板了……我后来也可以想到她发现我变了。但是这种刚见面时虚假的印象在我们之间又有什么重要呢？对我来说，由于害怕不能完全把她认出来，起初几乎不敢瞧她……不，还有叫我们手足无措的，那是人家强加于我们的荒谬的未婚夫妻身份，每个人都赶紧让我们单独相处，在我们面前抽身走开。

"可是，姑妈，你一点也没碍着我们；我们没有私房话要说。"阿丽莎看到她明明白白要有意回避时终于喊了起来。

"怎么会没有呢！怎么会没有呢，我的孩子！我很了解你们；那么多日子没有见面，总是有许多小事要相互说说的。"

"我求你啦，姑妈；你要走就是叫我们不高兴。"说话的语调含有火气，我几乎认不出这是阿丽莎的声音。

"姨妈，您要是走，我们就不再说一句话，我说了算！"我笑着加了一句，但是心里也有点害怕我们两人单独一起。我们三人又聊了起来，装得轻松自在，说话平淡，有意兴奋一下活跃气氛，其实各人心里都感到窘迫。舅舅邀请我吃中饭，我们第二天还是要见面的，因而这第一个晚上毫不为难地分手了，很高兴让这场表演结束。

我在用餐前很早就到了，不过看到阿丽莎正与一个女友在交谈，她缺少勇气表示要送客，女友也没有知趣地告辞。最后终于她离开留下我们两人时，我又假惺惺地奇怪阿丽莎怎么不留她一起进餐。我们两人都是一夜没有合眼，累得有点急躁。舅舅进来了。阿丽莎感觉到我发现他老了不少。他耳朵背，我的声音他听不清；要让他听见不得不大声嚷，使我说起话来怪怪的。

午饭后，普朗蒂埃姨妈根据事前的安排，开车来接我们；她带我们到奥尔切，有意让阿丽莎和我在风景优美的一段路上走着回来。

这个季节的天气已经热了。我们走的一边海岸都处在日晒之下，毫无动人之处；光秃秃的树木也不能给我们挡住阳光。我们急于回到姨妈等着我们的车内，不利落地匆匆疾走。我头疼发胀，也想不出一点主意；为了不失体态，或者因为这样做可以免去说话，我走的时候携了阿丽莎由我携着的手。激动，走路引起的喘气，双方不说话的尴尬，使我们脸上充血；我听到自己的太阳穴跳动声；阿丽莎面孔红得挺难看；不久，这两只湿热的手握在一起显得不自然，也就松了开来，各自悲哀地往下落。

我们走得太急了，到了十字路口车子还没到，姨妈有意从另一条路走，好让我们有时间说话，车子开得非常慢。我们在斜坡上坐下，突然刮起了冷风，因为都出了汗，吹得两人身子发僵；于是又起来去迎着汽车过来……糟糕的是可怜的姨妈相信我们已作过一番畅谈,殷勤操心,正要询问我们订婚一事,阿丽莎再也憋不住了,眼泪夺眶而出,推说是头疼得厉害。归途中没有人说过一句话。

第二天,我醒来时腰酸背痛,伤风感冒,很不好受,只是到了下午才决定上布科兰家去。事不凑巧,阿丽莎不是一个人。费利西姨妈的孙女玛德莱娜·普朗蒂埃在那里,我知道阿丽莎往常喜欢和她聊天。她在祖母家住上几天,我一进门,她就大声说:

"你要是离开这里到小冈去,那我们可以一路做个伴了。"我机械地点点头,这样我又不能跟阿丽莎单独相处了。但是身边有个可爱的女孩肯定对我们也有用处;我不会像前一天那样拘束难受;我们三人之间立刻轻轻松松谈了起来,不像我原来所担心的那样说上一大堆废话。当我跟她告别时阿丽莎古怪地微笑;我觉得她直到那时还没有明白我第二天就要离开。不过,接着很快又可以见面,也使我的辞行免去惯常的伤感。

可是,晚饭以后,一种隐约的不安促使我又来到城里,漫无目的地徘徊了将近一小时,然后下决心再去布科兰家。我按门铃。这次是舅舅接待我。阿丽莎感到身体不适,已经上楼回到自己的房里,肯定立即上床了。我跟舅舅聊了一会,然后就走了……

这些不称心的事尽管叫人光火,我怨天尤人也没用。即使这一切都来得非常顺当,我们自己也会无事生非的。阿丽莎自己也觉察到了这一点,这比什么都使我沮丧。我一回巴黎,就收到下面这封信：

> 我的朋友，多么凄凉的重逢啊！你好像在说这全怪别人不好，但是你自己也没法说服自己。现在我相信，我知道今后也就是这样了。啊！我求你，咱们不要再见面了吧！
>
> 我们有那么多的话要说，可是为什么会有这种拘束，这种错位感觉，这种瘫痪，这种有口难开？你回来的第一天，我对这种沉默感到高兴，因为我相信沉默是会打破的，你会跟我说上许多美妙的事；在此以前你不会离开的。
>
> 但是在奥尔切，当我看到我们沉闷的散步在沉默中结束，尤其我们的手相互放开后绝望地落下时，我相信我的心慌乱痛苦往下沉。最令我伤心的不是你的手把我的手放开，而是感觉到它就是不放开我的手，我的手也会放开它的——因为它抓在你的手里并不感到高兴。
>
> 第二天——也就是昨天——我痴痴地等了你一个早晨。我惶惶不安在家里待不住，就留下一张纸条告诉你到大堤上什么地方找我。我长时间呆望波涛汹涌的海水，但是没有你独自望着我受不了；我突然想到你在我的房间里等着我，也就回家了。我知道下午我不会有空；玛德莱娜前一天跟我说过她要来，因为我以为在早晨跟你见面，也就让她来了。不过也可能有她在旁边，才是我们见面的最好时光。我有过一种奇异的幻觉，只持续了片刻，以为我们轻松的谈话会长时间、长时间进行下去……当你走近我与她并坐的长沙发，向

我俯身说再见时,我一句话都说不出来;我觉得一切正在结束:突然我才明白你要走了。

你跟玛德莱娜还没有走出门,我就觉得这是不可能的,无法忍受。我又走了出去,你知道么!我还要跟你说话,把我没有跟你说过的话都说出来;我已经朝普朗蒂埃家奔去……太晚了;我没有时间,不敢……我就回家了,绝望地给你写信……说我不愿再给你写……一封告别信……因为我终于觉得我们的全部书信只是一个巨大的幻影,我们两人可惜都只是在写给自己看,还有……杰罗姆!杰罗姆!我们永远相离很远啊!

是的,我把那封信撕了;但是我现在又给你重写一封,几乎一模一样。哦!我的朋友,我还是那么爱你!相反地,在我惶惑时,在你一走近我感到为难时,我是再清楚不过了,我多么深切爱着你;但是——你看到么——是绝望的爱,因为我必须向自己承认,你在远方的时候我更爱你。唉!我早就料到了。这次我们如愿重逢了,却使我更看出是这么回事,我的朋友,重要的是让你也对此深信不疑。再见啦,我深爱的兄弟;让上帝保护你,指引你;人只有接近上帝,才不会受到惩罚。

仿佛这封信还不足以使我痛苦似的,她在第二天又加上了这段附言:

发出这封信时，我不能不要求你对有关我们俩的事谨慎处理。多少次你使我伤心，因为你把你我之间的私事作为向朱丽叶或阿贝尔的谈话资料；这早在你料到以前很久，就使我想到你的爱情更可以说是一种用头脑思考的爱情，一种对温情与忠诚的理智性迷恋而已。

添上这最后几行，无疑是害怕我把那封信给阿贝尔看，敏感多疑使她存了戒心？还是她发现我说的话反映出我的朋友的劝告？……

我自认为从那以后跟他的差别是很大的！我们走在两条不同的道上，要我学会单独承受忧愁的重担，这份嘱咐纯属是多余的。

接着三天，我都在唉声叹气中度过，我要给阿丽莎写回信；但是一本正经地讨论，面红耳赤地争辩，用词不当，我怕又会不可挽回地加深创伤；我在信上作爱情的挣扎，写了又改改了又写，不下二十次。今天重读这封洒满泪水的书信还是禁不住要哭，最后我还是决定抄录一份寄去：

阿丽莎！可怜我吧，可怜咱们两人吧！……你的信叫我难过。对你的种种顾虑我完全可以付诸一笑。是的，你向我提到的一切我也是有所感觉的，但是我怕对自己这样说。原本只是臆测的事，却被你想成是多么可怕的现实，而你又在我们之间把它渲染一番。

如果你觉得你不如从前那么爱我……啊！别来跟我提这种残酷的设想，连你自己的信也自始至终在否认！你一时的恐惧又怎么样呢！阿丽莎！当我想说道理，我就感到语塞；我只听到内心的呻吟。我太爱你了，以致口拙，我愈爱你，愈不知道怎样对你说话。"用头脑思考的爱情"……你要我怎么对此做出回答呢？我用整个身心在爱你，我怎么能区别我的智慧与心灵呢？但是既然我们的通信引起了你痛切的责难，既然通信先引起了幻想，后又跌到残酷的现实中，使我们两败俱伤，既然你现在相信虽在写信却只是写给自己看，既然我已没有力量忍受又收到一封类似的信，我求你，让我们暂时停止一切书信往来吧。

接着我在信中对她的看法不同意，进行了申辩，求她对我们下次见面要有信心。上一次见面对她一切都不顺利，不论地点、人物和时间，甚至我们情绪亢奋的通信，使我们没有审慎的心理准备。下次我们见面前对什么都保持沉默。我希望明年春天在封格斯马尔见她，我想在那里往事的回忆会对我有利，舅舅也会乐意在复活节假期接待我们，日子多少俱由她做主。

我的决心一旦下定，信寄出后立即投入工作。

*

快到年底时我倒是又见到了阿丽莎。阿斯布尔顿小姐最近几个月来身体日趋衰弱，圣诞节前四天她去世了。自从我复员回来以后，我重新跟她一起住；我很少离开她，给她送了终。阿丽莎寄来一张明信片，向我说明她把我保持沉默的誓言看得比我遭逢的丧事还要重；舅舅不能来参加葬礼了，她则赶在两班班车之间参加一下仪式而已。几乎就只有她和我参加了大殓，然后又跟在棺材后面；我们并排走在一起，没有交换几句话；但是，到了教堂，她坐在我旁边，我感觉她好几次目光温柔地看着我。

"这是约定的，"分别时她对我说，"复活节以后再说。"

"是的，可是在复活节……"

"我等你。"

我们在墓园门口。我建议送她去火车站；可是她向一辆车打个信号，没说一句告别的话就抛下我而去了。

七

"阿丽莎在花园里等你。"四月底我到了封格斯马尔，舅舅怀着父爱拥抱了我以后对我说。最初没有见到她迅速来迎我，确实有点儿失望，马上又要感谢她，使我们两人免去了乍见面时流于俗套的感情表露。

她在花园深处。我朝灌木紧密包围的环形路口走去，每年这个时节花都开了，有丁香、花椒、金雀花、锦带花等；为了不远远看到她，或者为了不让她看到我过去，我走花园另一侧的那条暗路，在树荫下空气凉爽。我慢慢往前走；天空温暖，明亮，碧青，好像我心头的欢乐。她肯定以为我从另一边来的；我到了她身边，到了她身后，她没有听到我走近；我停步……仿佛时间也跟我一起停止了：这个时刻，我想，这可能是最美妙的时刻，接着就看到了幸福，就是幸福本身也比不上它……

我愿意跪在她面前，我走了一步，她听到了。她突然站起身，手中的刺绣落在地上，向我伸直双臂，两手放在我的肩上。我们就这样待了一会儿，她胳臂伸直，头微侧，笑眯眯的，温柔地看着我，一言不发。她穿一身白衣。在她有点过于严肃的面孔上，我又看到她童年的微笑……

"听我说，阿丽莎，"我立即大声嚷了起来，"我有十二天假期。你不高兴我就一天也不多待。让我们约定一个信号，表示我第二天必须离开封格斯马尔。这样我就第二天走掉，决不怨天尤人。你同意吗？"

这些话都是冲口而出的，一点没有准备。她思考了片刻，说：

"那天晚上，我下楼吃饭时，在脖子上没戴你喜欢的紫晶石十字架……你就明白了吧？"

"这就是我们最后一个晚上。"

"不过，"她又说，"你会不哭不叹息地走么……"

"并且还不告别。我在这最后一个晚上离开你，就像在这前一天离开你一样，随便得你也不禁琢磨：他到底有没有明白我的意思？但是当你第二天去找我时，我已不在了，如此而已。"

"第二天我也不会去找你的。"

她向我伸出手，当我把她的手放到唇边。

"从现在到那个不吉祥的晚上，"我还说，"也不要做出任何暗示，使我有所预感。"

"你也不要对接着要来的分别做出任何暗示。"

重逢时这样郑重，难免又会在我们之间引起难堪，现在必须马上消除。我又说：

"我愿意看到我在你身边度过这几天，在我们看来跟别的日子没有区别……我要说的是我们两个不要觉得这是些特殊的日子。然后……如果我们能够不刻意要先谈谈……"

她开始笑了。我加上说：

"难道我们就没有事可以一起干的吗？"

我们向来对园艺很感兴趣。不久以前，一名没有经验的新手接替了老园丁，两个月来花园无人修整，有不少工作要做。玫瑰树没有好好剪枝，有的长得过猛，枯枝纠结；有的往上爬，没有支架，都挂了下来；徒长枝更吸干了其他枝条的汁水。其中大多数都是我们以前嫁接的；我们认出了自己种的幼苗，它们又必须培栽，占了我们许多时间，也让我们在前三天谈话很多而又丝毫未提及严肃的大事；当我们不说话时，也不感到沉默压着心口。

这样我们又恢复了两人相处的老习惯了。我对这种相互适应比对进行任何解释都看得重要。就是分别一事也徐徐淡忘了，我感觉到她心中存在的这种恐惧，她害怕我心中存在的这种心灵畏缩，也都开始消除。阿丽莎比我秋天那次灰溜溜的访问时更年轻，在我看来也是前所未有的美。我还没有拥抱过她。每天晚上我看到她的紧身衣上有一条小金链子，系着那只紫晶石小十字架闪闪发光。一颗心有了信任，又产生了希望；我说什么，希望？这已是一种保证，我想象阿丽莎心中也同样感觉到的；因为我对自己很少怀疑，对她也就不再多心。我们的说话也渐趋活泼了。

"阿丽莎，"一天早晨，春光明媚，我们的心也像花似的开绽，我对她说，"现在朱丽叶很幸福，你就不让我们也……"

我说得很慢，眼睛看着她；她突然脸色苍白，那么出人意料，我也说不下去了。

"我的朋友！"她开始说，目光没有朝我转过来，"我在你身边那么幸福，我不相信还会更加幸福了……但是相信我，我们生来不是追求幸福的人。"

"灵魂还会把什么看得比幸福更重呢？"我急切地叫喊。她喃喃说：

"圣洁……"这两个字说得那么轻，我不妨说是猜到的更多于听到的。

我一生的幸福张开了双翅，从我身边冲天飞走了。

"我没有你是达不到的，"我说，额头靠在她的膝盖上像个孩子那样呜呜哭了，但是因为爱情，不是因为悲伤，我又说，"不能没有你，不能没有你！"

然后，这天像其他天一样过去了。可是到了晚上，阿丽莎出现时没有戴上那个紫晶石小项饰。我遵守诺言，第二天一清早就走了。

第三天我收到下面这封奇怪的信，把莎士比亚的这几行诗作为题词：

> 又是这首曲子——已近消沉的尾声
> 哦，飘过耳边，犹如轻软的南风
> 吹动紫罗兰花丛，
> 偷走了又散发出花香，——够了；不再是
> 从前那样动人……

是的！我的兄弟，我还是整个上午都在找你。我不能相信你已经走了。我恨你遵守了我们定下的诺言。我原来想这是一种游戏。我会看到你从每个矮树丛后面钻出来的，——但是没有！你真的走了。谢谢。

那一天其余时间，我老是想到某些事，我愿意让你知道——一种奇怪的确切的恐惧，我若不告诉你，以后我会感到没有对你尽心，应该受你的谴责……

你住在封格斯马尔的最初几小时，我先是奇怪，然后又是担忧，我在你身边整个身心会感到这么奇异的满足；你对我说："那么满足，我什么也不再期望了！"唉！正是这件事使我担忧……

我的朋友，我怕我没有让你正确理解。我尤其害怕我在表述心灵中最强烈的感情时，你却把它看成是一种精细的推理（哦！多么不近情理啊）。

"幸福若不使人满足，就不是幸福。"你对我说过，你还记得吗？我当时不知道说什么话回答。——不，杰罗姆，幸福不使我们满足，幸福不应该使我们满足。事事如愿，心满意足，我不能够把这当做是真实的。去年秋天我们不是没有明白这里面包含了多少辛酸沮丧？……

真正的！啊！上帝不许我们有真正的！我们生来是为了另一种幸福……

我们以前的通信败坏了我们秋天见面的乐趣，同样，想起你昨天还在这里使我今天写信索然无味。我以前给你写信时如痴似醉的情态，又成了什么？通过书信，通过见面，我们让两人爱情中原本该有的精粹乐趣都挥发干净了。现在，我不由要像《第十二夜》中奥西诺那样高喊："够了！不再是从前那样动人。"

再见啦。我的朋友。从此把爱奉献给上帝吧。啊！你会知道我多么爱你吗？直到最后，我将是你的

阿丽莎

面对美德的陷阱，我束手无策。一切英雄主义既吸引我，又使我眼花缭乱——因为我不把它与爱情分开。阿丽莎的信里这种冒失之至的热忱令我陶醉。上帝知道我光是为了她也要努力漫无止境地追求美德。一切道路只要向上，总是引导我去跟她会合。山路也不会狭窄得太快，连我们两人也容纳不下！唉！我没有料到她的招数竟会那么巧妙，我也很难想象到了山巅她竟也会躲开我。

我给她回了一封长信。我记得信中有一段话写得还很有远见。我对她说：

我常常认为爱情是我怀有的最好感情；我的一切美德都是与它相通的；爱情使我超越自己，我没有你又会成为一个普通平庸的凡人。怀着跟你相会的希望，才使我觉得崎岖小路也是最平坦的大道。

我还加了什么,竟促使她回了我这几句话:

但是,我的朋友,圣洁不是一种选择,这是一种义务(信中这个字划了三道线)。你若是我从前相信的那个人,你对它也是不能回避的。

这一切都摆在这里了。我明白,或者说预感到,我们的通信将会到此为止了,不管转弯抹角的劝告,还是坚持不渝的意志,都将无济于事。

我还是写了一封又一封温情柔意的长信。发出第三封信后,我收到了这封短柬:

我的朋友:

不要相信我曾经下过什么决心不再写信给你;我只是不再感到兴趣而已。可是你的信我读下来还是很有趣,但是我愈来愈责备自己引起你那么多的相思。

夏天不远了。目前不要再写信了,九月下半月到封格斯马尔来一起过吧。你接受吗?如果接受,我不需要你回信。我把你的沉默看成同意,因而希望你不回答我。

我没有回答。显然这种沉默只是她对我进行的最后一次考验。经过几个月的学习,然后又是几周的游历,我回到了封格斯马尔,态度安详自信。

我如何通过一番简单的叙述，会让人明白这个一开始连自己也解释不清的事情呢。我能够在此描述的只是我从那时起陷入心理崩溃的时机？我在当时未能看透装模作样的外表下爱情还是在颤动，就是今天我也找不出道理为自己辩解；我首先看到的只是这种外表，得不到我的女友，就责怪她……不，即使那个时候，我也没有责怪您，阿丽莎！但是我绝望地哭泣再也认不得您了，从您表现的狡黠沉默和工于心计上，今天我可以看出您的强烈的爱，那么您愈是让我痛心失望，我不是应该愈加爱您吗？

轻视？冷漠？不，什么都是可以征服的；什么都是我可以抵御的；有时我犹豫，我怀疑，我的不幸是不是我臆想出来的，因为事情是那么微妙，因为阿丽莎那么善于佯装得一点也不明白。我又有什么要抱怨的呢？她接待我比以前露出更多笑容，她也从来没有那么殷勤周到；第一天我几乎给蒙了……她梳了一种新发型，头发往后拉平，使面部线条生硬，仿佛为了掩饰表情；她穿一件不合身的紧身衣，颜色灰不溜秋，质地粗糙，破坏了她的苗条身材，这都无关宏旨……这里没有什么她不可以改正的，我自己胡思乱想，第二天她主动或者应我的要求会……我更难过的是在我们之间出现这些少见的殷勤周到，我害怕看出其中的决心多于热情，我还敢说，礼貌多于爱情。

晚上，我走进客厅，发现原来位置上已经没有钢琴了，听到我失望的惊叫，阿丽莎声音很自然地回答：

"钢琴拿去修了，我的朋友。"

"我可是跟你说过几次了，我的孩子，"舅舅几乎口气严厉地说，"既然到现在你还可以凑合着弹，你就应该等到杰罗姆走后再送去；你匆匆忙忙的使我们少了一个乐趣……"

"不过，爸爸，"她一边说话，一边转过身掩饰脸红，"我向你保证这架钢琴这一段时间声音发闷，杰罗姆也弹不出什么好曲子来的。"

"你弹的时候，"舅舅又说，"好像没那么差嘛。"

她好一会儿身子朝暗影处俯着，好像在量椅套的尺寸，然后突然离开房间，很晚才又出现，带了托盘，上面是舅舅每晚习惯服用的蒂萨茶。

第二天，她既没有换发型，也没有换束胸衣；她挽着父亲坐在门前的长椅上，又拿起忙了一个晚上的针线活，缝缝补补。在她身边、椅子上或桌子上总有一只大篮子，她不断地取出穿破的长袜短袜。几天后，又是餐巾床单……这项工作好像使她心无二用，以致嘴里也没有一句话，眼睛黯然无光。

"阿丽莎！"第一天晚上我叫了，这张面孔毫无灵动之气，几乎把我吓着了，我要细看才能认出来，我盯住看了好一会儿，她却显得一点没有察觉我的目光。

"怎么啦？"她抬起头说。

"我要看看你听不听得到我说话。你的思想好像远在天边。"

"不，我在这里；但是缝补需要聚精会神。"

"你缝的时候，要不要我给你念篇文章？"

"我怕没法很好听进去。"

"你为什么选择那么费神的工作？"

"总要有人做啊。"

"有许多穷人家妇女，给她们做也是一种生活补贴。你自己动手干这种费时费力的工作，总不是为了节约吧？"

她立刻向我说明，她最爱干这个活儿，她很久没有干别的事了，也一定完全生疏了……她一边说一边笑。说话也是前所未有的细声细气，有意叫我灰心丧气。她的面孔好像又在说："我说的事都是挺自然不过的，你何必这么愁眉苦脸呢？"——我内心的抗议说不出口来，在胸中堵得慌。

第三天，我们采了一些玫瑰花，她要我把花送到她的房间里去，那一年我还没有进去过。我立刻又欣喜有了希望！因为我还为此责备自己何必愁眉苦脸的；她只要一句话就可以治愈我的心病。

每次走进这个房间，我心情激动；我不知道是什么形成一种宁静雅致的氛围，在那里我才认出我的阿丽莎。窗前床边的蓝帘布影子，桃花木家具的闪光，窗明几净，安静整齐，这一切都向我的心诉说着她冰肌玉骨，秀外慧中。

那天早晨，我很惊讶在她床边的墙上，看不到我从意大利带来的两张马萨奇奥大幅摄影作品；正要问她图片到哪里去了，这时目光落在旁边她存放爱读的书的书架。这个小书柜是日积月累形成的，一半放我给她的书，一半放我们一起阅读的书。我刚才发现这些书都移走了，换上的全是庸俗无聊、我原以为她不屑一顾的宗教小册子。我突然抬起眼睛，看见阿丽莎在笑——是的，她在瞧着我笑。

"我请你原谅，"她立刻说，"你的面孔叫我发笑，看到我的书柜它一下子拉长了……"

我可没有心思说笑。

"不，真的，阿丽莎，这就是你现在看的书吗？"

"喔，是的。你奇怪什么？"

"我想一个常看有分量的作品的聪明人，读这些陈词滥调不会不感到恶心。"

"我不明白你的意思，"她说，"这都是些朴实的人，他们跟我随意聊天，尽量说明白自己的意思，我也很乐于跟他们来往。我在打开书以前就知道，他们不会花言巧语设圈套，我在阅读时也不会顶礼膜拜。"

"除了这些你不读别的了吗？"

"几乎不读。这几个月来是这样。此外我也没有多少阅读的时间。我向你承认，最近我有意再读了某一个你教会我欣赏的大作家，我感到自己就像《圣经》中说到的那个人，努力拔高自己的身材。"

"哪个'大作家'使你对自己做出这么奇怪的评价？"

"这不是他使我做出的，而是我在阅读他的作品时自己做出的……这是帕斯卡。可能我碰巧读到的不是最精彩的段落……"

我做了一个不耐烦的手势。她说话时声音清亮单调，像在背书，目光没有离开她摆弄不完的鲜花。她在我的手势前停顿片刻，然后又用同样的声调往下说：

"使我发呆的是那么夸夸其谈，那么声嘶力竭，却证实不了多少东西。我有时问自己，这是怀疑而不是信仰使他说话充满悲天悯人的样子。完全的信仰不会流那么多的眼泪，声音也不颤抖。"

"正是这声颤抖、正是这些眼泪才使这个声音听来那么美。"我试图反驳，但是没有勇气，因为我在下面这几句话里已认不出我喜欢的阿丽莎。我根据记忆把这些话如实转述，未在事后作任何修饰和逻辑整理。

"如果他不先把世俗生活中的欢乐排除，世俗生活在天平中的分量就会超过……"

"超过什么？"我说，听了她的怪话只会发呆。

"他提出的不确定的极乐。"

"你不相信了么？"我高声说。

"这有什么关系！"她又说，"我愿意这是不确定的，免得有做交易的嫌疑。热爱上帝的人沉迷于美德，这是天性高尚，不是贪求报偿。"

"帕斯卡的高尚就包含在这种神秘的怀疑主义里面。"

"不是怀疑主义,是冉森主义[1]。"她微笑着说。"我要这些干什么?这些普通的人,"她转身看她的那些书,"就说不清自己是冉森派,还是寂静派或者别的什么派。他们匍匐在上帝面前,就像被一阵风吹倒的野草,不取巧,不惶惑,不卖弄。他们认为自己非常平凡,知道自己就是有什么价值,也甘心在上帝面前不露形迹。"

"阿丽莎!"我喊,"你为什么不想展翅高飞呢?"

她的声音保持平静自然,更显得我的喊声可笑夸张。

她摇摇头又微微一笑。

"我最近一次阅读帕斯卡只记下了……"

"记下了什么?"我问,因为她不说下去了。

"记下基督的这句话:'凡要救自己生命,必丧掉生命'。至于其他的话,"她又说,笑得更响了,正对着我的脸看,"说实在的,我就不大懂了。当我和这些小人物相处了一段时间,那些大人物精雕细琢的思想很快叫人喘不过气来,真是奇怪。"我心慌意乱中还能找到什么话来回答吗?……

"那么今天就让我跟你一起把这些训诫、这些默祷念一念……"

"不必了,"她打断我说,"看到你念我会难过的!我真的相信你生来做更有出息的事。"

她说话随随便便,也不像想到她那几句疏远我们两人生活

---

[1] 也译作"詹森主义"或"羊森主义"。

的话会使我心如刀割。我头上像着了火；我多么愿意说下去和哭出来；她可能会给我哭得心软。但是我待着没有再说一句话，两肘撑在壁炉上，额头托在手里。她继续气闲神定地整理花，没看到或者装得没看到我的痛苦。

这时响起第一声用餐铃。

"午餐前我做不完了"她说，"你快走吧。"仿佛这只是在玩一场游戏似的：

"这话我们以后再提吧。"

这话以后没有再提。阿丽莎一再使我错过机会；倒不像是她有意回避，而总是遇上临时工作，必须由她迫切去做。我等待；家务完了又会有新的，仓库不断有工作需要监督，还有上农户家做客，到她愈来愈关心的穷人家里拜访，这些事做后才轮得到我，剩下的时间也就不多了；我看到她时老是忙忙碌碌——但是也正是通过这些琐事，不去苦追不休，我才不觉得自己心里空荡荡的。稍一对话更向我说明是这么一回事。当阿丽莎给我一点时间时，实际上彼此说话又很不投机，她搭腔也只是当作一场儿戏。心不在焉，笑吟吟从我身边迅速擦过，我感觉她变得那么遥远，陌生人也不过如此。我其至还发现她微笑中含有某种挑战，至少某种嘲讽，她用这种方法让我的希望落空而沾沾自喜……然后立刻我把一切不满对着自己发泄，不愿意心生怨恨，也不知道我对她期待什么，我能对她责怪什么。

我那么快乐期待的日子就这样过去了。我呆望着时光流逝，然而无意延长逗留日子或希望过得慢些，因为每天都在增加我的痛苦。可是我走前两天，阿丽莎陪我到废弃的泥灰岩场的那把椅子旁。这是一个晴朗的秋夜，天边没有云雾，景物微微带蓝，清晰可辨，这时最飘忽的往事也浮现上了心际——我禁不住为自己抱屈，满面丧气地说我今日的不幸实在是我当初天大的幸福形成的。

"但是，我的朋友，我对此又能做什么呢？"她立刻接口说，"你爱上的是一个幽灵。"

"不，决不是一个幽灵，阿丽莎。"

"那么是一个幻想人物。"

"唉！这不是编造出来的。她是我以前的女友。我要把她唤回来。阿丽莎！阿丽莎！您就是我爱过的那个人。您把自己干吗啦？您要自己成为什么呢？"

她好一会儿默不作声，慢慢摘下一朵花，低着头。然后终于说：

"杰罗姆，为什么不干脆承认你不及从前爱我了？"

"因为没这样的事！因为没这样的事！"我愤愤不平地喊了起来，"因为我比以前更加爱你。"

"你爱我……可是你又为我遗憾！"她说，装出笑容，还耸了耸肩膀！

"我不能把我的爱情当成是一件往事。"

土地在我脚下坍塌；我抱住什么都行……

"它总会与其他东西一起过去。"

"这样一种爱情只会与我一起过去。"

"它会慢慢减弱的。你自称还爱的那个阿丽莎已经只存在于你的记忆中；总有一天你想起的只是从前爱过她……"

"你这样说好像我心中有什么会把你代替似的，或者好像我的心大概不再爱了似的。你记不起自己爱过我，怎么能够这样折磨我来取乐呢？"

我看到她苍白的嘴唇颤抖；她喃喃地说，声音几乎无法听清：

"不，不，这在阿丽莎心里没有改变。"

"那么也就什么都没有改变。"我说，抓住她的手臂……

她又回过神来：

"这一切可以用一句话来解释；你为什么不敢把它说出来呢？"

"哪句话？"

"我老了。"

"胡说……"

我立即反驳说我也跟她一样老了，我与她的年纪还是相差那么多……但是她已恢复了镇定；独一无二的时刻过去了，卷入讨论的同时，我放弃了一切有利条件，我乱了阵脚。

两天后我离开了封格斯马尔，对她和对自己都不满意，对我还称为"美德"的东西充满隐约的憎恨，对自己心里摆脱不开这件事又不能释怀。事情好像是在这最后一次重逢中，把我的爱情夸张一番以后，我耗尽了所有的热忱；阿丽莎说的每句话，一开始引起我的反击，在我再不张口抗辩后，却在我的脑海中挥之不去，压倒了其他想法。啊！她无疑是有道理的！我钟爱的只是一个幽灵；我以前爱过、至今还爱着的那个阿丽莎不复存在……唉！我们肯定是老了！一切诗情画意都可怕地消失了，我的心对着它也凉了下来，然而这一切其实只是回到自然状态而已；如果说我把她想象得很崇高，把她当作一尊偶像，按照我的爱好来装扮她，那么我的工作、我的辛苦不是白费了吗……一旦由着她自己，阿丽莎又回到了原有的水平，我自己也会处于这个平庸的水平，但是我再也不会对她思念了。啊！这全是我个人的努力把她推向美德的高山，现在又为了跟她般配，辛辛苦苦去追求美德，这在我看来既荒谬又想入非非。若不那么自负，我们的爱情就会顺利得多……但是从今以后拘泥在一种没有对象的爱情中又有什么意义呢？这已不是忠诚，这是顽固不化。对什么忠诚？——对一个错误忠诚。最明智的做法不就是承认我自己错了吧？

有人向我建议到雅典学院去，我接受了立即去报到，既无抱负，又无兴趣，然而想到动身犹如想到逃离，脸上露出了微笑。

八

可是我又见到了阿丽莎……那是三年后的夏末。十个月以前,我从她那里知道舅舅过世了。那时我在巴勒斯坦旅行,立刻给她回了一封长信,没有再见到信来……

我顺着一条自然的路线来到了勒阿弗尔,用一个不知什么借口去了封格斯马尔。我知道在那里会见到阿丽莎,但是怕她不是一个人。我没有说过要来,又很不乐意做个普通客人,向前走时犹豫不决:我进去?还不如不见一面,不刻意去看她就转身离开……是的,还是这样吧;我只是在大路上转悠,坐到那个没准她还会来坐的长椅上……我已经思忖留下个什么记号,让她在我离开以后知道我已经来过了……我一边想这件事,一边慢步走,自从下了决心不再见她以后,一种揪心的强烈悲哀转化为一种几乎是温柔的忧郁。我已经到了那条大路,但是害怕不期而遇,就沿着与农庄大院接壤的斜坡,走在一条侧道上。我知道斜坡上有一块地方,可以看到花园里面;我登上去望,有一个我不认识的园丁在小径上耙草,不久走出了我的视线。一道新栅栏围住院子。狗听到我经过吠了起来。我走过去,到了大路尽头,向右转,又见到花园的墙头,我要走到与刚离开的那条大路平行的山毛榉林地,经过菜园的那扇小门前,突然心头一震,想到从那里走进花园里去。

门关着。我用肩头稍为用力一顶,里面的门闩快要被我折断了……这时我听到脚步声;我躲进一道凹墙内。

我看不见从花园里出来的是谁;但是我听得见声音,我觉得这是阿丽莎。她向前走了三步,轻轻呼唤:

"是你吗,杰罗姆?……"

我的心原来跳得很急,停止了;由于我一时声咽说不出一句话,她提高了声音又问:

"杰罗姆!是你吧?"

听到她这样呼唤,我顿时激动满怀,以致双膝跪倒在地。我始终没有回答,阿丽莎往前走了几步,转过墙角,我突然感到她紧贴着我,而我用胳臂遮面,仿佛害怕立刻见到她。她向我俯着身子好一会儿,而我在她纤弱的手上吻个不停。

"你为什么要躲起来呢?"她对我说,随随便便,仿佛这三年相隔两地只不过是小别几天而已。

"你怎么知道是我啊?"

"我正等着你呢。"

"你正等着我?"我说,惊讶得只会把她说的话用问句来重复一遍……因为我还跪着,她又说:

"上长椅子那里去坐吧。是的,我知道我还会见你一次。最近三天,我天天晚上到这里来,就像今晚似的呼唤你……你为什么不回答我?"

"要是你不过来撞见我,我就会见不到你就走的。"我说,定下神来控制最初使我支撑不住的感情,"我路过勒阿弗尔,只是要在大路上散散步，转过花园，到灰岩场的那张椅子上休息一会儿，我想你还是会来坐坐的，然后……"

"你看看这三天晚上我来这里念什么。"她打断我，交给我一包信；我认出那是我从意大利给她写的信。这时候我抬起眼睛看她。她的外貌大大变了；瘦弱苍白得叫我痛心，她挽着我的手臂紧靠我，仿佛心里害怕或身上发冷。她还戴着重孝，头上披了一块黑色花边当做头巾，把面孔衬托得更加苍白了。她微笑，但是像要倒下的样子。我急于要知道此时她是不是单独住在封格斯马尔。不，罗贝尔跟她一起住；朱丽叶、爱德华和他们的三个孩子八月份曾来跟他们一起过……我们走到了长椅前；我们坐下，好一会儿谈话离不开对日常情况问长问短。她问起了我的工作，我没好声气地回答。我原本的意思是让她感到我对自己的工作不再感兴趣。我要让她失望，就像她让我失望一样。我不知道是不是达到了目的，但是她没有丝毫表示。我对她既是怨愤又是爱，竭力对她冷言冷语，只恨自己还在动感情，偶尔声音也会发颤。

太阳西斜，被一块乌云遮住一会儿后，又挂在地平线上，几乎正对着我们，照着空旷的田野反映出一种颤动的霞光，我们脚下狭窄的山谷顿时云烟氤氲，然后太阳消失了。我眼睛发花，不说一句话；我觉得体内外浸透了金色光辉，一切怨愤都已烟消云散，心中感到的只是一片爱。弯腰靠着我的阿丽莎；她从束胸衣内取出一只用优质纸做的小口袋，样子像要把它交给我，又停了下来，显得迟疑不决；当我惊讶地瞧着她，她说：

"听着，杰罗姆，这是我的紫水晶十字架，这三天来我都带着，因为我早就想把它给你了。"

"你要我拿了干吗？"我说话有点粗暴。

"你留着给你的女儿，算是对我的纪念。"

"什么女儿？"我叫了起来，瞧着阿丽莎莫明其妙。

"我请你静静听着我说，不，别这样瞧着我；别瞧着我；我跟你说话已经很不容易了，但是这件事我绝对要对你说的。听着，杰罗姆，你总有一天会结婚的吧？不，不要回答我；不要打断我，我求你啦。我只是要你记得我曾经非常爱你……已有很久了……有三年了……我想到你喜欢的这个小十字架，有一天会让你的一个女儿戴上，作为对我的纪念，哦！不要让她知道纪念的是谁……可能的话你也可以给她起个……我的名字……"

她声音哽咽，说不下去了，我几乎敌视地叫了起来：

"为什么你不能自己交给她？"

她还想说什么。她的嘴唇颤抖，像个抽泣的孩子；然而她没有哭出来，她的目光亮得异样，面孔在映照下含有一个超自然的、天使般的美。

"阿丽莎！我会去娶谁呢？你明知道，我爱的只可能是你……"刹那间，我疯狂地，几乎粗暴地把她搂在怀里，在她的嘴唇上重重地吻个不停。她一时仰着身体听任我紧紧搂着；

我看到她的目光迷糊了；然后她的眼皮闭上了，发出的声音对我来说再也没有更加悦耳动听的了：

"我的朋友，可怜我们吧！啊！别把我们的爱情毁了。"

可能她还说了一句：做事不要胆怯！或许这是我自己说的，我不知道了，但是突然我跪在她面前，虔诚地抱住她：

"既然你那么爱我，为什么老是拒绝我？你看！我先是等朱丽叶结婚；我明白你也盼望她幸福；现在她幸福了，这是你自己告诉我的。我好长时间相信你愿意在父亲身边过日子；但是现在只剩下咱们两人了。"

"哦！我们不要为过去后悔，"她喃喃说，"现在这一页我已经翻过去了。"

"还有时间，阿丽莎。"

"不，我的朋友，已经没有时间了。自从那天，我们通过爱情在彼此身上看到了比爱情更美好的东西以后，已经不再有时间了。我的朋友，为了你我把自己的梦想定得那么高，以致人间的任何乐事对我都是一种失落。我时常想到我们两人结合后的生活会是什么样的，要是……我们的爱情不完美的话，我就不能忍受。"

"那么我们两人不结合时的生活是什么样的，你想过吗？"

"没有！从来没有。"

"现在你看到了吧！失去你以后三年来，我痛苦地徘徊……"夜色正在降临。

"我冷，"她说，站起身，用头巾紧紧裹住身子，使我无法挽住她的胳膊，"你记得《圣经》里使我们不安、使我们害怕懂不了的那句话吧，'他们没有得到应许他们的东西，是因为神给我们预备了更美好的东西……'"

"你还在相信这样的话？"

"必须相信。"

我们并肩走了一会儿，再也没有说话。她又说：

"杰罗姆，你想象一下吧：更美好的！"突然她的眼泪夺眶而出，嘴里还在说："更美好的！"

我们又走到了菜园的小门，刚才我就是看到她从那里走出来的。她向我转过身。

"分别啦！"她说，"不，不要往前走了。分别啦，我的爱。从现在起就要出现……更美好的东西了。"

她一时凝视我，伸直手臂，手按在我的肩膀上，既把我往前拉，又把我往后推，两眼满含一种无法形容的爱……

门一关上，听见她插上门闩后走开，我颓然靠在门板上，痛不欲生，在黑夜里长时间地流泪啜泣。

可是强留她不放，破门而入，或不顾一切闯进这幢对我不至于深闭固拒的房子，那不行，即使今天我回顾这段过去的时光……那不行，在我是做不到的，现在不理解我的人，在那时也不会理解我。

我焦虑得无法忍受，就在几天后给朱丽叶写了一封信。我向她说起我去过封格斯马尔，告诉她阿丽莎苍白瘦弱叫我大为不安；我恳求她注意她的身体情况，给我消息，我从阿丽莎本人那里是不会听到什么的。

不到一个月，我收到了下面这封信：

我亲爱的杰罗姆：

我向你报告一个十分悲惨的消息：我们可怜的阿丽莎已经不在了……唉！你信中表示的担心都太有道理了。几个月以来，也说不上是什么大病，她日益衰弱。在我的祈求下，她总算同意去勒阿弗尔看 A 医生，医生写信给我说她没有什么大病。但是在你看望她以后的第三天，她突然离开了封格斯马尔。我接到罗贝尔一封信才知道她出走了；她很少给我写信，要不是罗贝尔我根本不会知道她不辞而别，因为我不会因她没有信来而惊慌。罗贝尔没有陪她去巴黎就让她这样走了，被我狠狠训了一顿。你决不会相信，自从那时以后我们一直不知道她住在哪里。你可以想象我多么着急；无法看见她，甚至无法写信给她。罗贝尔在几天后虽是去了巴黎，但是什么都没有打听出来。他做事马马虎虎，以致我们怀疑他是不是用心在寻找。我们不能再这样心神不宁受折磨，不得不报告了警察局。爱德华也出外寻找，他干得不错，终于找到了阿丽莎栖身的那家小疗养院。可是太晚了！我接到疗养院院长的一封信，信里向我宣布她的死讯；同时又接到爱德华的一封电报，他也没有能够见到她。最后一天她把地址写在一只信封上，好让人家通知我们；在另一只信封内，她放进了她以前寄给勒阿弗尔公证人的信函的副本，上面写了她的遗愿。我相信这封信中有一段是关于你的；我下次会叫人让你知道的。爱德华和罗贝尔参加了前天举行的大殓。走在灵柩后面的不止他们两人，还有疗养院的几名病人，他们执意要参加仪式，并陪送她到墓地。我正怀着第五个孩子，随时随刻都会生产的，因而不幸出不了门。

我亲爱的杰罗姆，我知道这个死讯会叫你深切悲伤，我写信给你时心也碎了。两天来我必须卧床，写字也感到困难，但是我不愿意让别人，就是连爱德华和罗贝尔也不让，跟你谈起那个显然只有我们两个人才了解的亲人。现在我差不多已是一个老妈妈了，炽热的往事盖在厚厚的灰烬底下，我可以希望跟你见面了。若哪一天不论工作或游玩把你带到了尼姆附近，你就直接到埃格维弗来吧。爱德华会很高兴认识你，我们两人可以谈谈阿丽莎。再见，我亲爱的杰罗姆。我悲伤地拥抱你。

几天后，我听说阿丽莎把封格斯马尔留给了弟弟，但是要求把她房间里的全部物件和她指定的几件家具送给朱丽叶。我不久会收到她密封后写上我的名字寄出的信。我还听说她要求人家，把我最后访问中拒绝接受的那个紫水晶小十字架挂上她的脖子，我还从爱德华那里听说这件事也照办了。

公证人给我寄来的封袋包含了阿丽莎的日记。我把其中不少篇章转录在此。——我只转录不加说明。对我阅读日记时的感觉以及我难以用言辞表述的内心纷扰，你们是不难想象的。

阿丽莎的日记

埃格维弗

　　前天从勒阿弗尔出发,昨天抵达尼姆;我的第一次旅行!既不必操心家务,也不需下厨房,接着就有点闲得慌,这个一八八×年五月二十四日,是我二十五岁生日,我开始写日记,并不是多么有趣,而是找个伴;因为我可能还是平生第一次觉得孤独——在一个不同的,几乎是陌生的乡土,我对它还没有多少认识,它会向我说的故事,无疑类似于诺曼底向我说的,以及我在封格斯马尔百听不厌的故事——因为上帝在哪儿都不会有差别的——但是这块南方乡土讲一种我还没有学过的语言,我听了很惊讶。

五月二十四日

　　朱丽叶在我身边的一张躺椅上打瞌睡——这个开放式走廊,使这幢意大利式房屋充满魅力,它与花园延伸的铺沙庭院处于同一平面……朱丽叶不用离开她的躺椅,就可以看到草坪起起伏伏直到水塘边,水面上一群五彩缤纷的鸭子拍翅打转,一对天鹅游来游去。有一条据说夏天也不会枯竭的小溪给它供水,然后流过花园消失了,花园成了灌木丛,愈长愈野,夹在干燥的咖里哥宇群落和葡萄园之间动弹不得,不久全要闷死了。

……爱德华·泰西埃尔昨天陪父亲参观了花园、农庄、酒窖、葡萄园，而我留在朱丽叶身边——这样今天早晨，我可以一大早独自在花园里进行首次考察漫游。许多新奇的草本木本植物，我都愿意知道它们的名字。我对每个品种都摘了一根枝条，在午饭时间请教别人。我在它们中间认出了杰罗姆在博尔吉兹别墅或陶丽亚-庞费里欣赏的青橡树……跟我们北方的树木竟是远亲，形态却很不同；它们在公园的一端覆盖一块狭小神秘的空地，树荫下的草坪踩在脚下很松软，引动仙子前来唱歌。我在封格斯马尔对自然的感情是极端遵照基督教教义的，到了这里不由自主地带上了一点神话色彩，这叫我吃惊，还有点儿生气。然而我愈来愈感到压抑的这类恐惧心理依然是宗教性的。我喃喃说出这几个字：这里有树。空气清澈透明，四周寂静怪异。我想到了俄狄浦斯①、阿尔米德②，这时突然响起一声鸟啼，只是一声，离我那么近，那么凄怆，那么清纯，我一下子感到大自然就是在等待这声鸟啼。我的心剧烈跳动，我有一会儿靠着一棵树，然后趁别人还没有起床时就回进了房里。

五月二十六日

一直没有杰罗姆的音讯。即使他把信寄到勒阿弗尔，也应该转到我这里来了……我只能向这本册子倾诉我的不安；三天

---

① 俄狄浦斯，希腊神话中的人物，色雷斯的诗人和歌手，善弹竖琴。
② 意大利诗人塔索（1544—1594），《被解放的耶路撒冷》中的美丽魔女。

来，不论是昨天到博城去了一趟，还是祈祷，都无法使我一刻不去想这件事。今天，我一点也写不出别的什么东西，自从我来到埃格维弗后说不出地郁郁寡欢，可能不是其他原因；不过深藏在我心底的这种忧郁，现在我觉得由来已久，我自命为乐天的情绪也仅是把它掩盖而已。

五月二十七日

我为什么要向自己说谎呢？我只是从推理上来说才为朱丽叶的幸福感到高兴。这样的幸福，我曾经那么期望，甚至愿意牺牲我的幸福来换取，可是看到它毫不困难获得了，跟她与我共同想象时是那么不同，我就难受了。这真是复杂啊！是的……我还看出，她在我的牺牲以外获得了幸福，也就是说她不需要我的牺牲也是会幸福的，这也触动到我的私心可怕的回潮。

而今感到杰罗姆的沉默引起我多大的焦虑时，我要问自己的是：我心中是不是真的做出了这样的牺牲？上帝不再要求我牺牲时，我又像是受到了委屈。难道是我原来就不可能做出牺牲吗？

五月二十八日

对我的忧愁做出这样的分析有多么危险！我已经深深眷恋这部日记了。我原来以为克服了取悦的心理，在这里又会故态复萌吗？不会的，但愿这部日记不是一面美化的镜子，让我的心灵打扮好了去照一下！我写日记，也不是像当初认为的是解闷，而是消愁。忧愁是我早已忘怀的**一种罪的情境**，我恨它，我要我的灵魂不被它**纠结**。这部小日记应该帮助我重新获得幸福。

忧愁是一种复杂的纠结。以前我从不特意分析我的幸福。

我在封格斯马尔也很孤独，还更孤独……为什么我不觉得呢？当杰罗姆从意大利给我写信时，我同意他不带着我看事物，不带着我生活，由我在思想上追随他，我把他的欢乐作为我的欢乐。我现在不由要呼唤他；没有他我看到的一切新东西都叫我心烦……

六月十日

这部日记写了没多少就长时间中断了；小丽兹出生了；我在朱丽叶身边长期熬夜；我能够向杰罗姆写的一切，写在这里就毫无乐趣了。我愿意自己不要沾有许多女人共有的这个令人难受的通病：写得啰里啰嗦。要把这部日记当做自我完善的工具。

接着是好几页阅读注解、摘录等。然后又是在封格斯马尔的日记：

七月十六日

朱丽叶是幸福的；她这样说，看上去也是这样；我没有权利，也没有理由怀疑……我在她身边时这种不满足、不顺心的感觉现在又是从哪儿来的呢？可能感觉到这种心满意足过于实用，过于容易得到，完全是"量身定制的"，像使心灵受到了束缚，感到了窒息……

我现在自问，这就是我期望的幸福或者是达到幸福的历程么。哦，主啊！别让我得到一种我很快会达到的幸福！教导我如何把我的幸福延迟、推移到见到您的日子。

接下撕去了许多页；显然是叙述我们在勒阿弗尔那次痛苦的会见；接着日记就谈到了第二年；纸页上没有注明日期，但是肯定是我住在封格斯马尔的日子写的。

有时听着他说话，我像在望着自己思想。他解释我的想法时，使我发现了自己。我没有他可能存在吗？我只会有了他而存在……

有时我不能肯定，我因他得到的感受就是大家所说的爱情么。大家一般描绘的爱情跟我可能得到的爱情有很大区别。我愿意什么都是难以明说的，爱他而不知道自己爱着他。我尤其愿意爱他而他不知道我爱着他。

我生活中没有了他，任何事物都不会叫我快乐。我的全部美德只是取悦于他，可是在他身边我又觉得我的美德坚持不了。

我爱弹钢琴练习曲，因为这使我觉得每天可以有所进步。这可能也是我读一部外语书时感到快活的秘密，当然不是说我推崇任何外国语言胜过我们自己的语言，也不是说我欣赏的本国作家在语言上不及外国作家——我不断提高理解，克服在意义与感情上遇到的小困难，自有一种潜意识的自豪感，既使我的精神感到愉悦，也使我的心灵增添一种难言的甘之如饴的满足。

不论事情多么圆满，我不可能不期望更上一层楼，我想象中的天福，不是融入上帝，而是不断地永无止境地接近上帝……要是我不怕玩弄字眼，我要说任何不是**渐进的**欢乐都不在我的眼里。

今天早晨我们两人坐在大路的那张长椅上；我们谁都没有说话，不需要说话……突然他问我是不是相信有来世。

"这个，杰罗姆，"我立刻叫了起来，"这对我来说不仅是个期望，还是个确信呢。"

突然我觉得我的全部信仰都倾注在这个叫声中了。

"我倒要听听！"他添上这么一句……停了一会儿后又说："没有你的信仰你做事就两样了吗？"

"我怎么能够知道呢？"我回答，我又说："就说你自己吧，我的朋友，不管你本人如何，在最虔诚的信仰推动下，你做事也不会有什么两样。不同的话我就不会爱你了。"

不，杰罗姆，不，我们讲究美德不是要在未来得到补偿：我们的爱追求的不是得到补偿。付出辛劳想到补偿，这对高尚的心灵是一种伤害。美德也不是灵魂的一种装饰，不，而是美的形式。

爸爸身体又不太好，我希望没有什么严重的，但是三天来他又只能喝牛奶度日。

昨天晚上，杰罗姆刚上楼回到自己的房间去，爸爸跟我留了下来，他离开我一会儿。我坐在沙发上或者不如说躺在沙发上，在我几乎从未这样做过，我也不知道为什么。灯罩把我的眼睛和上半身埋在暗影里；我机械地望着自己的脚尖，稍为露在长裙外面，一缕灯光打在上面。当爸爸回来时，他站在门前停留了一会儿，神情奇异地盯着我看，带着凄戚的笑。我隐约感到不好意思，坐了起来；这时他向我做个手势。

"坐到我的身边来。"他对我说，虽然时间已经晚了，他开始跟我谈起母亲，这是他们分别以后从来没有过的事。他跟我讲起他怎样娶了她，怎样爱她，她起初对他又是怎样。

"爸爸，"我最后对他说，"我求你告诉我，你为什么在今晚告诉我这些事，是什么使你选择了今晚告诉我……"

"因为，刚才回到客厅时，看到你躺在沙发上，一时真以为又看到你母亲了。"

我提出这个问题，就是因为今晚……杰罗姆站着，靠着我的椅子，俯身向着我，从我的肩膀上看书。我不能看见他，但是感觉到他的呼吸，还有像他身子的热气和颤动。我假装继续看书，但是我看不懂了；我连句子也分不清了，心中升起一种奇异的骚乱，不得不趁我还能做到的时候匆忙站起身。我走出房间待了片刻，幸而他一点也没有觉察……但是过了一会，我独自在客厅，躺在那张沙发上，爸爸觉得我像母亲的时候，恰好我正想着她呢。

昨夜我睡眠很差，心事重重，局促不安，过去的事袭上心头，好像一种内疚缠绕不去。主啊，教导我如何远避一切邪恶。

可怜的杰罗姆！他要是知道有时他只需要做个手势，有时我等待的就是这个手势……

当我还是女孩子时，我已经是为了他才希望自己美丽。现在我觉得我不为了他是决不会"臻于完美"的。而这种完美也只有不与他一起才能达到，哦，我的上帝啊！你的教导中只有这条才最叫我的灵魂彷徨。

把美德与爱情合而为一的灵魂会是多么幸福！有时我怀疑除了爱，除了尽情的愈来愈爱以外是否还有其他的美德……但是有的日子，唉！美德在我看来其实只是对爱情的抵制而已。怎么！我怎么敢把我内心最自然的倾向称为美德呢！迷人的诡辩啊！似是而非的邀请啊！幸福的诱人幻影啊！

今天早晨我在拉布吕埃[①]的作品中读到：

"有时在人的一生中，有一些非常迷人的乐趣，非常温柔的

---

① 拉布吕埃（1645—1696），法国散文作家。

承诺是不允许的。那时至少希望这些事情可以得到开禁,这也属人之常情;然而这些巨大的魅力只有在另一种魅力前相形见绌,那就是明白如何以美德而放弃。"

为什么我还要在这里制订禁例呢?难道暗中有一种比爱情更强烈的、更诱人的魅力在吸引我吗?哦!但愿能够同时借助爱情的力量带着我们两人的灵魂超越爱情!

唉!我现在才对事情一清二楚了:在上帝与他之间,唯一的障碍不是别的而是我。事情可能正如他对我说的那样,首先是他对我的爱情带着他走向上帝,现在则是这种爱情不许他这样做;他对我依恋不舍,偏爱我超过一切,我成了他的偶像,阻碍他不想朝着美德走得更远。我们两人中必须有一个达到目的;我已无望在自己这颗卑怯的心里克服爱情,我的上帝,允许我并赐予我力量去教导他不要再爱我,我宁可牺牲我的功德,而把他的无限高尚的功德向您奉献……如果说今天我的灵魂因失去他而哀泣,还不是为了今后在您的身边与他相聚……

我的上帝啊!还有谁的灵魂更配得上您?他生来前程远大,何止是爱我而已?他若爱上我而不思上进了,我也应该同样爱他么?多少英雄在幸福中都无所作为……

星期日

"神给我们预备了更美好的东西。"

五月三日星期一

　　如果他求婚的话，幸福就在身边……一伸手就可抓住……今天早晨，跟他谈话时，我做了牺牲。

星期一晚

　　他明天走……

　　亲爱的杰罗姆，我永远无限温柔地爱着你，但是我从此再也不会对你说这句话了。我强迫自己的眼睛、嘴唇、心灵接受的限制是那么严厉，离开你对我是一种解脱和苦涩的满足。

　　我努力要求在行动上理智，但是行动时，监督我行动的种种理智又离我而去，或者在我看来也像是疯了；我对理智也不再相信……

　　是理智使我躲避他？我不再相信……我还是躲避他，怀着悲哀的心情，并不明白自己为什么要躲避他。主啊！让杰罗姆和我相互一起，彼此相依向着您前进，像两个朝圣者终生走在路上，一个有时对另一个说："兄弟，你若累了，往我身上靠吧。"另一个回答："我只要感到你在身边就够了……"但是不！主啊，您教导我们走的路是一条狭窄的路——狭窄得没法让两人并肩走过。

七月四日

　　已有六个多星期没有翻开这个日记本了。上个月，我读到其中几页时发现自己很在意写得好，这个想法既荒唐又有罪……我是在写给**他**看……

仿佛在这部只是为了帮助我摆脱他而开始写的日记里，我继续在给**他**写信。

在我看来**写得好**的几页我都撕了。（我知道我指的是什么。）我也应该把写到他的几页都撕去。我应该把一切都撕去……我做不到。

撕掉这几页我已经颇为自豪了……如果我的心不是那么萎靡，这一种自豪是很可笑的。

真的好像我做了功德事，我撕掉的是什么大东西！

七月六日

我不得不从我的书柜里取走……

我在每部书上躲避他，也在每部书上遇见他。即使在我独自发现的篇章中，我也听到他的声音在向我朗读。我对他感兴趣的东西才感到兴趣，我的思想也依照他的方式思想，以致我自己也难以区别，就像以前我爱把它们混淆不清。

有几次我有意乱写一通，为了避免采用他的语句节奏；但是愈想摆脱他愈注意他。我下决心有一个时期只读《圣经》(也可能是《师主篇》①)，在这部日记里不再记别的，只记每天我阅读后有印象的经文。

---

① 亦名《效法基督》，中世纪基督教宗教修养读物。

接着依照"每日粮食"的体裁,从七月一日开始,每日附一段经文。我在这里转录的只是附上了经文的评注。

七月二十日

"变卖你所有的分给穷人。"我明白只是为杰罗姆准备的这份心应该分给穷人。这同样不是在教他也这样做吗?主啊,给我这份勇气吧。

七月二十四日

我已不读《永慰吾心》了。这种古语言读起来很有趣,但是也使我分心,阅读中感到几乎是异教徒的欢悦,跟我要在其中寻找的教诲毫无共同之处。

重读《师主篇》,不是看拉丁语原版,我这人太无能读不懂,我喜欢读的那部译本,连个署名也没有——这实际是新教徒的版本,但是标题上却说:"适合一切基督教团体"。

"哦!要是你知道,当你向着美德前进时,你获得多大的安宁,你给别人带来多大的欢乐,我肯定你会更加热忱为此努力。"

八月十日

我的主,当我向您呼唤时怀着孩子的宗教激情、天使的圣洁声音……

这一切我知道不是来自杰罗姆,而是来自您。

但是在您与我之间,您为什么处处让他的形象出现?

八月十四日

花了两个多月才完成这项工作……主啊,帮助我吧!

八月二十日

我深切感到这一点,我感到这一点引起我的忧伤,那就是我心里没有做出牺牲。我的主,让我认识到他一人使我得到的欢乐都来自于您。

八月二十八日

我做到的美德是多么平庸,多么微不足道!我是不是对自己要求太多?——再也忍受不住啦。

不知出于何种怯懦行为,总是要求主赐予力量!现在我的一切祈祷都是充满了哀怨。

八月二十九日

"瞧野地里的百合花……"

这句那么朴实的话今天早晨使我陷入哀思,怎么也无法令我排遣。我出门走到田野里,这几个词尽管我不由自主地重复不已,还是叫我柔肠百转,泫然泪下。我凝视空旷的大平原,农民弯腰扶犁在干着苦活……*"野地里的百合花……"* 但是,主啊,百合花在哪儿啦……

九月十六日晚十时

我又见到他了。他在这里,在这个屋顶下。我看到他窗口的灯光映在草坪上。当我写这些句子时,他还没有睡;可能他在想我。他没有变;他这样说,我也这样觉得。为了让他的爱情否认我,我会向他表示我已决心做什么样的一个人吗?

九月二十四日

哦!令人扫兴的对话,这其间我居然装得无动于衷,冷淡,而我的心却昏了过去……直到目前为止,我很乐意躲避他。今天早晨,我可以相信上帝会给我力量去战胜,不断逃避斗争总是一种怯懦行为。我胜利了吗?杰罗姆不那么爱我了吗?唉!这是我希望同时也担心的事……我从来没有那么爱过他。

主啊,如果我必须毁灭才能把他从我这里救出,那就让我毁灭吧……

"进入我的心和我的灵魂,来忍受我的痛苦,继续在我身上承担您还必须承担的苦难。"

我们谈到了帕斯卡……我有意对他说了什么?多么可耻的荒唐话!我说的时候已经难受,今晚我后悔,宛如对神说了大不敬的话,我又拿起沉甸甸的《思想集》,它自行翻到了给德·罗亚纳小姐书信的那一章:

"当一个人自愿跟随拖着他走的那个人,他不觉得是一种束缚;但是当他开始抗拒和走开时,他就会很痛苦。"

这些话我一看就被打动了,没有力量再往下读;那是翻到书的另一处时,看到一段写得美妙动人,以前没读过,也就把它抄了下来。

日记第一册写到这里为止。显然下一册是毁了;因为阿丽莎留下的资料中,日记记的都是三年后的事了,还是在封格斯马尔,九月份,也就是说我们最近一次见面以前不久。

下一册日记开头的句子如下:

九月十七日

我的上帝,您知道我需要他是为了爱您。

九月二十日

我的上帝,把他给我吧,好让我把我的心奉献给您。

我的上帝,让我再见他吧。

我的上帝,我保证把我的心奉献给您;您把我的爱情向您要求的东西赐给我。我把我的余生都奉献给您……

我的上帝,原谅我做出这个可鄙的祈祷,但是我不能嘴里不叨念他的名字,也不能忘记内心的痛苦。

我的上帝,我向您呼唤;不要把我抛弃在惶惑中。

九月二十一日

"你们将以我的名义向吾父要求的一切……"

主啊！我不敢以您的名义……

但是，我若不再祈祷，您因而就不那么明白我内心谵妄的愿望了吗？

九月二十七日

从今晨起，心里平静之至。几乎整夜在沉思，在祈祷。突然我觉得有一种光明的和平包围我，侵入我的体内，如同我童年时想象中的圣灵。我立刻躺下，害怕我的欢乐仅出于一种神经质的兴奋。我很快就睡着了，人依然喜洋洋的。今天早晨，全身依然如此。我现在确信他要来了。

九月三十日

杰罗姆！我的朋友，我依然称你是兄弟，但是我爱你远远胜过爱兄弟……我多少次在山毛榉树林里呼唤你的名字……傍晚日落时刻我走过菜园那扇小门，来到早已幽暗的大路……你会突然回答我，你会出现在石头斜坡后面，我的目光已经忙着要绕过斜坡去了，或者我会远远望见你坐在那张椅子上等着我，我的心不会惊跳……反而是没有看到你令我讶异。

十月一日

还是什么也没有。天空清澈无比，太阳已经下山。我等着。我知道立刻又会和他一起坐在同一张椅子上……我已经听到他说话。我那么喜爱听他叫我的名字……他会来的！我将把我的手放到他的手里，我让我的额头靠在他的肩上。我在他的身边呼吸。已经是昨天了，我把他的几封信带了来重念；但是我没有看着信，太想念他了。我也把他喜欢的紫水晶十字架带在身上，有一年夏天，我每晚都戴，我不愿意他离开多久就戴上多久。

我要把这个十字架还给他。很久以前我做过这样的梦：他结婚了，我是他的长女小阿丽莎的教母，我把这件珍宝交给她……为什么我从来不敢对他提起这件事呢？

十月二日

今天我的灵魂轻盈愉快，像一头小鸟要在空中筑巢。今天他应该来了；我感觉到，我知道，我要向每个人大声说出来；我需要在日记里写下来。我不愿意再掩饰自己的喜悦了。即使罗贝尔，平时那么心不在焉，对我那么漠不关心，也注意到了我的喜悦。他提的问题叫我心乱，我不知道怎样回答他。我如何才能等到今宵呢……

我不知是什么透明眼罩使我处处看到他放大了的形象，把爱情的光芒都集中在我心的一点上引起燃烧。

哦，等待真累坏了我！

主啊！请把幸福的大门在我面前稍稍打开片刻。

十月三日

一切都熄灭了。唉！他像一个影子似的在我的怀抱中溜走了。他原来在这里！他原来在这里！我现在还觉得他在。我喊他，我的手、我的嘴唇徒然在黑夜中把他寻找……

我无法祈祷，也无法入睡。我又走进了黑暗的花园里。在自己的房间里，在整幢房子里我就是怕；我沮丧，我来到了我把他抛下的那扇门前；我怀着疯狂的希望重新把这扇门打开；难道他回来了么！我呼唤。我在黑暗中摸索。我回到房间给他写信。我没法让心死去。

到底发生什么啦！我对他说了什么？我做了什么？有什么必要一直在他面前夸大我的美德？被我整个心灵都否定的美德有什么价值？我嘴上在说上帝要我说的话，心中却在说谎……我心中纵有千言万语却一句也说不出来。杰罗姆！杰罗姆，我痛苦的朋友，我在你身边时心在撕裂，我远离你时命如游丝，我刚才跟你说了那么多，你只要听取其中我对你说的情话。

把我的信撕了，后来又再写了……黎明来临；灰蒙蒙，浸满泪水，跟我的思想一样凄恻……我听到农庄传出最初的声响，沉睡的一切复苏了……现在起来吧。是时候了……
我的信不会寄走的。

十月五日

嫉妒的神啊，您剥夺了我的一切，把我这颗心也夺走吧。

它被任何热情抛弃,也对什么都失去兴趣。帮助我战胜心中可怜的残存热情。这幢房子、这座花园都在鼓励我的爱情,叫我不堪忍受。我愿意逃到一个地方,在那里看到的只是您。

您帮助我把我的财产分给您的穷人;让我把我不能轻易卖掉的封格斯马尔赠给罗贝尔。我已经拟就一份遗嘱,但是我不清楚大部分必要的手续,昨天我没有能够对公证人说个透,是怕他猜疑到我做出的决定,再去告诉朱丽叶或罗贝尔……我将在巴黎完成一切。

十月十日

我到了这里筋疲力尽,头两天不得不卧床休息。他们不顾我反对叫来了医生,医生认为有必要做一次手术。抗议岂不是徒劳?但是我不用多说就使他相信这手术会叫我心惊胆颤,我宁可等待"体力恢复一点后"再说。

我隐瞒了姓名和地址。我在疗养院办公室存放了足够的钱,使他们毫不为难地把我收了下来,神认为需要多久就留多久。

我很喜欢这个房间,窗明几净,无需在墙上再添什么装饰。我也奇怪自己还会感到很高兴,我对生命也不期望什么别的了。目前我要想的就只是上帝了,上帝的爱占满我们的心灵才美妙非凡……

我除《圣经》以外没有带其他的书;但是今天我在阅读这

里面的句子时，帕斯卡的这声哀叫引起我心中更响的共鸣：

"并不是神的一切，都能满足我的期待。"

哦，我这颗鲁莽的心原来要的竟是人间的欢乐……主啊！您让我陷入绝望是为了听到这声高呼吗？

十月十二日

愿天国降临！愿天国降临我心；唯有让神统治我，统治我的全身心。我不愿再用我的心跟主斤斤计较。

我身子已像老妇那么疲劳，灵魂还保持一种奇异的稚气。我还是从前一样的小女孩，房间不整理得井井有条，脱下的衣服不在床头折叠放好就睡不着觉……

我也准备这样离开人间……

十月十三日

把日记重读一遍，然后再毁灭，"让心中的烦恼流传在外，这不是高尚人的作为。"这句美丽的话我相信出自克洛蒂尔德·德·伏[①]之口。

正当把这部日记付之一炬时，有一声警告制止了我；我觉得它已经不再属于我的了。我没有权利不让杰罗姆阅读，不是为了他我是决不会写的。我的不安与怀疑在今天显得这样可

[①] 克洛蒂尔德·德·伏（475—545），法国王后，曾劝克洛维国王皈依天主教。

笑，我也不再予以重视了，也不相信杰罗姆读了会心乱。我的上帝，让他有时间在里面辨别出一颗心中的哀音，这颗心自不量力，疯狂地要把他推往她自己也无望达到的美德高峰。

"我的上帝，引导我登上这座我不能到达的山峰。"

十月十五日

"欢乐啊，欢乐，欢乐，欢乐的眼泪……"

是的，我感到了这种显示光辉的欢乐，超越人间的欢乐，摆脱了一切痛苦。这座山峰我无法到达，但我知道这有个名字叫"幸福"……我知道我的一生是虚度的，除非为了达到幸福……主啊！您答应一颗弃绝尘念，纯洁的灵魂有这种幸福，在《圣经》中说："在主里面死去的人，**从今以后**，有福了。"从今以后，有福了，我必须等到死吗？这时我的信仰动摇了，主啊，我竭力向您呼吁。我在黑夜中，等待着曙光。我向您呼吁直到死亡为止。您来解除我心中的渴望吧。我对那种幸福立刻有了渴望……也许我应该说服自己去得到它吧？如同失去耐性的小鸟，抢在曙光前啼叫，它不是宣布而要召唤黎明的来临，我难道必须等待黑夜苍白以后歌唱吗？

十月十六日

杰罗姆，我愿意教你什么是至乐。

今晨一阵呕吐使我像断了腰似的。此后觉得那么衰弱，有一阵子真希望死去。但是没有；首先全身感到极大的宁静；然后内心感到一种焦虑，肉体和灵魂都禁不住颤抖，犹如我生命中的一个突如其来又幻灭的**闪耀**。我好像第一次看到我的房间墙壁赤裸裸令人发瘆。我害怕了。现在为了自我安慰，为了静下心来我还是记日记。主啊！但愿我能坚持到最后不说一句渎神的话。

我还能够起床。我双膝下跪，像个孩子……

我愿意现在就死，快，免得认清了我是孤零零一个人。

重见朱丽叶[①]

去年我又见到了朱丽叶。离她的最后一封信,也就是向我报告阿丽莎死讯的那封信,过去已十多年了。我旅行到普罗旺斯,乘机到尼姆停留一下。泰西埃尔住在闹市区,弗歇尔大街的一幢外表颇为华丽的住宅里。虽然我事前写过信说要来,跨进门槛时还是很有感触。

一名女仆领我走进客厅,一会儿以后朱丽叶出来见我了。我以为见到了普朗蒂埃姨妈:同样的步子,同样的体形,同样气喘吁吁的热情招待。她一口气向我提出各种问题,但是不等待我回答:我的工作,我在巴黎的家,我平时做什么,我的朋友交往,我到南方做什么来啦?为什么我不再到埃格维弗去,爱德华会很高兴见到我的……然后她向我提供每个人的情况,谈到她的丈夫、她的孩子、她的兄弟、最后一季收成、买卖不景气……我听说罗贝尔为了到埃格维弗定居,卖掉了封格斯马尔;他现在是爱德华的合伙人,这样一来爱德华可以外出专门负责商务,而罗贝尔留在葡萄地里进行作物改良和扩种工作。可是我的目光不安地搜索使我想起过去的东西。我在客厅的新家具中认出封格斯马尔的几件家具,但是在我心中

---

① 原版书中无此标题,现为译者所加。

颤动的往事，看来朱丽叶现在是全部忘了，或者她有意要我们岔开。

两个男孩，十二岁和十三岁，在楼梯上玩耍；她叫他们过来给我介绍。大女儿丽兹陪父亲到埃格维弗去了。还有一个十岁男孩在散步快回来了。这个孩子就是朱丽叶向我报丧时提到快要生的那个。最后一次怀孕最终很不顺利，朱丽叶很长时间深受其苦；然后又是去年，似乎回心转意又生了一个女儿，听她口气，疼爱程度超过其他孩子。她说：

"她睡在我的房里，就在隔壁，来看看她吧。"当我跟在她后面："杰罗姆，在信里我不敢对你说起……你同意做这个女孩子的教父吗？"

"假若你高兴这样做，我当然乐意接受的。"我说，有点惊奇，向摇篮俯下身去，"我的教女叫什么名字？"

"阿丽莎……"朱丽叶低声说，"她有点儿像她，你看不出来吗？"

我握紧朱丽叶的手没有回答。小阿丽莎被母亲抱了起来，睁开眼睛；我把她抱在怀里。

"你会做个好爸爸的吧！"朱丽叶说，勉强一笑，"你不结婚还等什么？"

"等到把好些事忘掉以后。"我看着她脸红了一红。

"你希望立刻忘掉吗？"

"我希望永远不忘掉。"

"你到这里来，"她突然说，领我到了一个小间，里面已经很暗，一扇门通向她的卧室，另一扇门通向客厅，"我有片刻时间就到这里来躲一躲：这是这幢房子里最安静的房间，我觉得在这里几乎不受生活的骚扰。"

这个小间的窗子跟其他房间的窗子不一样，窗外不是城市的尘嚣声，而是种上树木的内院。

"咱们坐一会儿，"她说，身子倒在一张椅子上，"要是我对你没有误解，你要对阿丽莎的思念保持忠贞不渝。"

我隔了一会儿才回答：

"或许不如说对她对我抱有的理想保持忠贞不渝……不，不要把这归为我的品德。我相信我无法不这样做。我若娶了另一个女子，我只能装得爱着她。"

"啊！"她说，好像无动于衷，然后她转脸不看我，俯向地面，仿佛寻找一件失落的东西："那么你相信一个人真能把一个没有希望的爱情惦记那么久吗？"

"是的，朱丽叶。"

"生活之风天天吹过，而不把它吹灭？……"

夜色像灰色的潮水升起，侵入房间把每个物件淹没，这些物件在黑暗中又像复活了，悄声叙说自己的过去。我又看到了阿丽莎的房间，朱丽叶把那间房里的家具都集中在这里。现在她把面孔向我凑过来，我辨不清她的面貌，也不知道她的眼睛是不是闭着。她在我看来非常美丽。我们两人现在待着都没有说话。

"好了！"她终于说，"该醒醒了……"

我看到她站起身,往前走一步,像脱了力似的又跌倒在旁边的一张椅子上;她的双手在我的面孔上拂过,我觉得她在哭……

一名女仆进来了,端着一盏灯。

尾　声[1]

　　我的小说已近尾声。因为我自己的生活故事还需要我来说吗？我为什么要在这里叙述我在新天地里，为了最后适应幸福而做出的努力呢？偶尔，我突然忘了自己的目的，愈是竭力而为，愈难想象哪一个美德行为使我接近不了阿丽莎——我还是觉得我只是朝着她的方向在努力。唉！我不是把她看成是我的美德的体现吗？为了避开她，最终也背弃了我自己的美德。我于是放任自流，纸醉金迷，直至幻想失去一切意志力。但是我的思想惆怅不已，陷入了记忆的滑坡；我于是几小时、几天待着，魂不守舍。

　　然后一阵可怕的惊醒，使我摆脱昏昏欲睡的状态。我又振作起来。我聚精会神，要在心中破坏从前的幸福基础，把爱情与信仰摧毁殆尽。我苦恼。

　　在这样的心绪缭乱中，我的工作还能有什么价值呢！从前是爱情，现在是绝望，似乎成了我的思维的唯一主题，我没有一个想法不是由我的苦恼引起的。今天我恨这份工作，觉得我的价值已经荡然无存，我怀疑这是不是由于爱情……不！而是由于曾经怀疑过爱情。

---

[1] 原版书中无此标题，现为译者所加。此部分正是《窄门》1909年发表时"被抽去的那一页"的内容。

原版编者注

《窄门》最初发表于一九〇九年《新法兰西杂志》的头几期。

让·施伦贝尔杰幸而保存了该杂志的一份长条校样，证明安德烈·纪德做出过一个重大修改：这是关于一整页文章，小说家原来安排在本书第八章开头，最后时刻他决定抽去不用了。

《新法兰西杂志》五十周年纪念之际，皮埃尔·马萨尔首次发表了这段没有出版的文字，登载在《费加罗文学报》一九五九年二月二十一日那一期。

法兰西水星出版社得到让·施伦贝尔杰同意，把这段文字作为资料重新刊印在本书内，谨表谢意。

安德烈·纪德年表

·1869年11月22日　生于巴黎。父亲保尔·纪德（1832—1880），出身南方于才斯一个新教家庭，法学院教授；母亲朱丽叶·龙杜（1839—1895），出身北方鲁昂一个天主教家庭。

·1877年　进入阿尔萨斯学校，不到三个月因"有不良习惯"而被送回家。

·1879年　进入阿尔萨斯学校教师弗坦尔的私塾读书。

·1880年10月28日　保尔·纪德逝世。

·1881年　进入蒙彼利埃中学。

·1882年5月　住入温泉疗养院治疗"神经质症"。

·12月底　在鲁昂偶然发现舅妈玛蒂尔德的婚外情和他爱慕的表姐玛德莱纳（生于1867年）的痛苦。

·1883年5月　进入鲍埃的私塾。

·1886年1月　常去凯勒的私塾。

·1887年10月　进入阿尔萨斯学校修辞班，认识皮埃尔·路依斯。

·1888年10月　进入亨利四世中学哲学班，与莱恩·勃鲁姆结交。

·1889年　中学会考失败。去布列塔尼旅行。

- 1890 年　表姐玛德莱纳的父亲埃米尔·龙杜逝世。夏天在昂西过了一段日子，开始写《安德烈·瓦尔德手册》。

- 12 月　在蒙彼利埃遇见保尔·瓦莱里，结下终身友谊。

- 1891 年　自费出版处女作《安德烈·瓦尔德手册》(1909 年《窄门》发表以前，纪德都是自费出版自己的作品)，并佯称作者的一部遗作。玛德莱纳·龙杜拒绝他的求婚。

- 2 月 2 日　由巴雷斯介绍认识了唯美派诗人马拉美。

- 11 月　在巴黎遇见英国作家王尔德。

- 1892 年春天　在慕尼黑小住。

- 4 月　出版《安德烈·瓦尔德的诗歌》，也佯称遗作。

- 8 月　与亨利·德·雷尼埃同游布列塔尼。

- 11 月　在昂西服兵役，后因"肺结核病"永久退伍。

- 1893 年 5 月　出版《于利安游记》。认识弗朗西斯·雅姆。

- 10 月 18 日　与保尔—阿尔贝·洛朗在马赛上船，前往突尼斯和阿尔及利亚。

- 11 月　在比斯克拉住到第二年二月底。在突尼斯苏塞第一次搞同性恋，与洛朗同恋一名非洲女子。

- 1894 年　绕道意大利回到法国。

- 6 月　到日内瓦治病。

- 1895 年 1 月　又去阿尔及利亚。在卜利达遇见王尔德和阿尔弗莱德·道格拉斯爵士。

- 春天　居住在比斯克拉，写《人间粮食》(一译《地粮》)。

- 5月　发表《沼泽地》。
- 5月31日　母亲病故。医生对他说他的同性恋倾向在婚后可以得到纠正。
- 6月17日　跟玛德莱纳·龙杜订婚。
- 10月7—8日　跟玛德莱纳·龙杜结婚，去意大利、瑞士、突尼斯和阿尔及利亚蜜月旅行。遇见保尔·克洛岱尔。
- 1896年　出版《梅那尔克》。
- 5月　被选为拉洛克-贝尼亚镇镇长。
- 1897年3月　开始跟《隐居地》杂志合作，直至1906年杂志停刊。出版《人间粮食》。
- 1898年1—5月　跟玛德莱纳居住在意大利、奥地利。
- 9月9日　马拉美逝世。
- 1899年春天　同玛德莱纳游历阿尔及利亚。
- 6月　发表《菲罗克忒忒斯》、《埃尔·哈吉》和《松了绑的普罗米修斯》。
- 跟保尔·克洛岱尔开始真正的交往。
- 1900年1月1日　开始给《白杂志》撰稿。
- 3月29日　在布鲁塞尔做讲座《文学的影响》。发表《给安吉尔的信》。
- 1900年12月　卖去在拉洛克-贝尼亚的城堡，迁往埃特勒塔附近居威维尔的玛德莱纳老家产业。
- 1901年5月9日　剧本《冈杜尔国王》搬上舞台。
- 1902年　出版《违背道德的人》。

·1903年4月　开始与雅克·科波交往。

·6月　发表《扫罗》。

·1904年3月25日　进入《隐居地》编辑委员会，开始跟让·施伦贝格长期交往。在布鲁塞尔做讲座《自由美学》。

·1905年6月　克洛岱尔试图说服他改信天主教。

·1906年2月17日　迁往在奥特伊尔自建的蒙莫朗西别墅。发表《阿曼塔》。

·1907年5月　发表《浪子回头》。

·1908年5月　发表《从他的书信看陀思妥耶夫斯基》。

·11月15日　与友人合办的《新法兰西杂志》零期问世。遇见雷内·玛丽亚·里尔克。

·1909年2月1日　《新法兰西杂志》创刊号问世。在创刊号以及以后的两期中发表了《窄门》。5月，《窄门》由法国水星出版社出单行本。

·1910年　发表《奥斯卡·王尔德》。

·1911年1—3月　发表《伊莎贝尔》。

·7月　在伦敦结识约瑟夫·康拉德。

·1912年4月　居住佛罗伦萨写《梵蒂冈地窖》。

·12月　拒绝在《新法兰西评论》上刊载普鲁斯特《在斯万家那边》。

·1913年4—5月　游历意大利。

·10月　让·科波遵照《新法兰西杂志》倡导的宗旨，创立了老鸽笼剧院。

·11月　跟罗杰·马丁·杜加结交。发表译作泰戈尔《吉檀迦利》。

·1914年1月　发表《刑事法庭往事录》。

·3月　保尔·克洛岱尔在《新法兰西杂志》读到《梵蒂冈地窖》，责怪他在书中大谈同性恋，后来两人绝交。

·4月　和亨利·盖翁与梅里奇夫人游历意大利、希腊和土耳其。

·10月—1915年9月　全心全意扑在"法国比利时之家"工作，这是一个救济机构，帮助受德国入侵土地上的难民。一起工作的有夏尔·杜·博斯、玛丽亚·冯·里塞尔贝格（在纪德日记中也称"小夫人"）。

·1915年　多次演奏阿尔贝尼兹、肖邦的钢琴曲。

·1916年　开始产生酝酿已久的宗教与伦理的精神危机。

·6月　玛德莱纳误拆亨利·盖翁寄给纪德的信，才得知丈夫的秘密生活。

·1917年2月　译完康拉德《飓风》。

·8月　跟马克·阿莱格雷一起在瑞士居住。

·1918年6月18日　与马克·阿莱格雷去伦敦。遇见西蒙·波西和陶乐珊·斯特拉切，后者疯狂地爱上了他。出版译作康拉德《飓风》和惠特曼《作品选》。

·11月11日　玛丽亚·冯·里塞尔贝格开始编写《安德烈·纪德的真实生活录》，后在1973—1977年发表，书名为《小夫人手册》。他听说玛德莱纳在他跟马克·阿莱格雷去了伦敦以后，把他们的书信全部烧掉，非常痛心，在日记中写道："我最好的一面消失了……"

· 1919 年 12 月　发表《田园交响曲》。

· 1920 年 6 月　巴黎歌剧院演出他的译作莎士比亚《安东尼和克娄巴特拉》。出版《高里东》和《如果种子不死》(印数 21 册)。

· 1921 年　出版《如果种子不死》第二集(印数 13 册)和《选集》两集，其中一集"供少年阅读"。

· 1922 年 2—3 月　在老鸽笼剧院做讲座《陀思妥耶夫斯基》。

· 3 月　发表译作泰戈尔《阿玛尔和国王的信》。

· 6 月 16 日　《扫罗》一剧在老鸽笼剧院首次上演。

· 1923 年 1—2 月　与玛丽亚·冯·里塞尔贝格游历意大利。

· 3—4 日　与保尔·台夏尔丹游历摩洛哥。

· 4 月 18 日　与玛丽亚·冯·里塞尔贝格所生的女儿卡特琳在昂西出世。只是在母亲 1938 年故世后，纪德才接受抚养。

· 9—10 月　发表《陀思妥耶夫斯基》和译作威廉·勃拉克《天堂与地狱的婚礼》、普希金《黑桃皇后》(与雅克·施弗林合作)。

· 1924 年 10—11 月　安德烈·鲁维尔在《文学新闻》发表三篇文章，标题为《安德烈·纪德——大写的当代人》。

· 1925 年 6 月 8 日　陆续发表《伪币制造者》。继法朗士后成为伦敦皇家文学社会员，在他提出亲共产主义立场后又被逐出。

·7月14日　与马克·阿莱格雷游历刚果和乍得。

·1926年2月　出版《伪币制造者》。

·6月　回到巴黎。展开运动反对殖民国特许公司的欺诈勒索和殖民制度的不公正，引起当局调查、议会辩论和新闻界激烈论战。

·10月　发表《伪币制造者日记》。

·1927年6月　发表《刚果游记》。

·1928年1月　《神殿》杂志出专刊，向纪德致敬。

·8月　迁入巴黎瓦诺路，住到1951年逝世。发表《从乍得归来》。

·1929年1月　到阿尔及尔旅行。

·5月　出版《女人学校》。

·6月　发表《论蒙田》(载于马尔罗主编的《法国文学史》)和《没有主见的人》。

·1930年1月　发表《女人学校》的续篇《罗贝尔》。在加里玛出版社主编《不要评判》丛书，最早的两部书是《关于普瓦蒂埃的女人》和《雷杜洛一案》。

·10月　发表《俄狄浦斯》。

·11—12月　发表《书信集》。

·1931年　开始陆续发表《日记》。出《俄狄浦斯》单行本。

・12月　发表关于肖邦的音乐评论。

・1932年2月18日　《俄狄浦斯》改编成舞台剧上演。开始出版全集，直到1939年5月因爆发战争而中止，共出15卷。

・1933年6—7月　在《人道报》上长篇连载《梵蒂冈地窖》。

・1934年1月4日　与马尔罗等人赴柏林，向第三帝国当局呼吁释放帝国大厦失火后被捕的季米特洛夫和其他共产党人。

・2月　在锡拉库萨小住。

・6月　出版《日记（1929—1932）》。

・7—8月　游历中欧国家。参加反法西斯作家警惕委员会。

・1935年1月23日　"为了真理联盟"组织公开讨论《纪德和我们的时代》。

・3—4月　与杰夫·拉斯特游历西班牙和摩洛哥。

・6月21—25日　在第一届国际保卫文化大会上致开幕词，并主持会议。

・10月　发表《新人间粮食》。

・1936年2—4月　游历塞内加尔和西非洲。

・6月17日—8月21日　受苏联政府邀请访问苏联，同行者有欧仁·达比、皮埃尔·埃尔巴尔、杰夫·拉斯特、路易·吉尤、雅克·施弗林等。

・6月20日　在莫斯科红场高尔基葬礼上发言。

・8月21日 同行者欧仁·达比在塞瓦斯托波尔神秘猝死后，仓促返回法国。

・12月 西班牙人民阵线政府遭到法西斯扶助下的佛朗哥武装攻击，法国知识分子反对勃鲁姆政府的不干预政策。纪德在抗议书上签名。

・发表《吉纳维也芙》(它与《女人学校》、《罗贝尔》组成三部曲)，《日记新页（1932—1935）》和《苏联归来》。

・1937年8月 发表《苏联归来修正稿》(原标题为《果子里的毛虫》)。

・1938年1—3月 游历西非洲。

・4月17日 妻子玛德莱纳逝世。

・1939年2—3月 与罗贝尔·莱维斯克游历希腊和埃及。写《埃及手册》，后归入《日记（1939—1949）》。

・1940年 居住南方卡布里、尼斯、旺斯。

・6月14日 支持贝当元帅。

・6月24日 听了贝当的广播演说，对他的投降主义观点感到震惊。转而支持戴高乐将军。

・1941年3月 《新法兰西评论》由投降派文人皮埃尔·德里厄·拉·罗歇尔接管后，与杂志编辑委员会断绝关系。

・5月21日 在尼斯，抗战者联盟把他看成是追求享乐的信徒，禁止他做关于亨利·米肖的讲座。

・7月 发表《让我们发现亨利·米肖》。

・11月 在《费加罗文学报》上陆续发表《假想的采访》

（直至1942年8月）。

·1942年8月31日　译完莎士比亚《哈姆雷特》。

·1943年6月25日　跟戴高乐将军共餐，对他说："我的将军，您什么时候学会不服从的？"

·1944年2月　支持让·阿鲁奇和雅克·拉萨尼创办《桥拱》杂志。

·6月　在纽约出版《日记（1939—1942）》和译作《哈姆雷特》。

·1945年5月5日　接到一项任务回到法国。

·5月6日　到达巴黎。

·7月20日　保尔·瓦莱里逝世。

·10月　支持皮埃尔·埃尔巴尔创办《人的大地》周刊。

·11月　出版《青年时代》。

·12月　在罗贝尔·莱维斯克陪同下前往意大利、黎巴嫩、埃及（直至1946年4月）。

·1946年4月1日和12日　在贝鲁特做讲座《文学回忆和现实问题》(后收入《秋叶集》)。

·6月　发表《忒修斯》(先在纽约出版)。

·10月17日　译作《哈姆雷特》搬上巴黎舞台。出版1901年未完成稿歌剧《归来》，原该由雷蒙·鲍纳谱曲。

·1947年6月5日　获牛津大学荣誉博士称号。

·7月　开始出版《纪德戏剧全集》，共8册。

·9月　为《法国诗歌集》作序。把卡夫卡的《审讯》改编成剧本，在巴黎上演。

・11月13日　获诺贝尔文学奖。

・1948年1月　出版《与弗朗西斯·雅姆通讯集》。

・4月　出版《序》和《相见》。

・7月　出版《赞词》和《梵蒂冈地窖》剧本。

・10月　出版《肖邦札记》。

・1949年6月12日　停止写日记。出版《秋叶集》《罗贝尔或大众利益》《法国诗歌集》。

・11月　出版《与保尔·克洛岱尔通讯集》。

・1950年　出版《日记（1942—1949）》。

・4月　发表《介入文学》。

・6月　出版《与夏尔·杜·波斯通讯集》。

・1951年1月　在伊丽莎白·埃尔巴尔陪同下游历摩洛哥。

・2月13日　写下《但愿如此或大局已定》的最后几行（该书在1952年出版）。

・2月19日　在巴黎瓦诺路寓所逝世。

・2月22日　应妻子玛德莱纳·纪德家属要求举行了宗教葬礼。

・9月　纪德的全部作品被梵蒂冈列为禁书。